二度遭到殺害的她

彼女は二度、殺される

SHE IS KILLED TWICE

秋尾秋
Aki Akio

【目次】

序章

「真的……復活了……」

躺在床上的少女，心臟在五天前停止跳動。少女似乎是死於交通事故，雙親完全無法接受這突如其來的分別。他們分別時沒有說到任何話。硬要說的話，只有自顧自地對著冰冷的遺體傾訴。那真的稱得上道別嗎？

「二月四日，下午四點二十分。傀裡順利成功。太好了。她沒有失控，**正常醒過來了**。」

房間的風格統一成可愛的花朵圖案，大概是少女生前使用的房間。一名從頭到腳都是黑色，與這個房間顯得格格不入的女性──九十九黑緒，冷靜地對少女的雙親說道。

披散於背後的黑色長髮，隨著黑緒的動作搖晃。足以與可愛的相貌互相抵銷的黑西裝底下穿著一件立領白襯衫，脖子上掛著一條領帶，上面附有璀璨的橢圓形藍色石頭。戴著黑色手套，露出度極低的這身穿著，想必會讓見到她的人聯想到死神，實際上她也是被這麼稱呼的。

「謝、謝謝。」

父親向黑緒鞠躬道謝，接著對她身後的男性──白夜也行了一禮。

白夜把手放在長及鼻尖的瀏海上遮住臉，點點頭。超過一百八十公分的身高再加上陰沉的氣質，使他散發出一種有點令人毛骨悚然的氛圍。黑色高領毛衣搭配黑長褲的一身黑打扮，儼然是死人的朋友烏鴉。

黑緒和白夜是福音協會派來的「傀裡師」。傀裡師是擁有讓死者暫時復活的能力的人，福音協會則是管理這些人的機關。

人類死後，靈魂會逐漸遠離身體。只不過，這個連結在身體完全消滅前不會中斷，靈魂會像雲朵一樣，安祥地飄在肉體周圍。傀裡師能像抽絲剝繭般操縱那條線，讓靈魂暫時回到身體。

然而，光這麼做身體還不會行動，必須賦予其生命力。這是只有生者才辦得到的事。一般來說會由委託人提供。這次是母親希望死者暫時復活，將少女的靈魂絲線與母親的生命力連結，提供生命力。於是，眼前的少女動了起來。

「……爸……爸。媽……媽。」

少女從床上坐起身，搖搖晃晃地走向雙親。雙親也衝向少女。黑緒介入其中，阻止他們。好不容易與女兒重逢，卻被潑了桶冷水，父親帶著夾雜不悅與不安的表情望向黑緒。

「人偶沒有視覺、聽覺、觸覺以外的感覺。因此，剛甦醒的人偶控制不好力道。和她接觸會有危險。」

受到傀裡的死者統稱為「人偶」。以物品的名稱命名，藉此讓人明白對方已經死了，並非人類。

「可是……式鬼不就能正常行動嗎？」

父親忿忿不平地看著黑緒和白夜。白夜不喜歡這種眼神，用手按住瀏海擋住自己的視野，彷彿在逃避。

式鬼是在人偶失控時保護傀裡師的類似保鑣的存在。人偶一旦失控，只是普通人的傀裡師無法與之對抗，因此一名傀裡師會帶著一隻**性能**相等的式鬼，作為對抗手段。

式鬼是人偶的高階版，原本是死去的人類。福音協會的相關人士、福音協會推薦的人、自願者。他們死後會成為式鬼。

預計成為式鬼的身體會經過加工，避免屍體腐壞，在受到傀裡後學習身體的使用方式。活動時的模樣與人類無異。在街上行走，應該也沒多少人會發現他們是死者。

自願成為式鬼的人是極少數。就算復活也無法盡情享受人生，而是會被傀裡師使喚。而且明明已經死過一次，卻得再次體會「死亡」的滋味。

畢竟式鬼不得不與失控的人偶戰鬥。除非分給自己的生命力耗盡，或者身體嚴重損壞，導致與自身靈魂連接的線斷掉，否則即使斷了手腳，他們依然無法「死亡」。

他們沒有感覺，所以不會痛。不過式鬼擁有生前的記憶，恐懼、害怕死亡的心情記得很清楚。式鬼必須懷著那樣的恐懼戰鬥。不然會淪為一般的巨大垃圾。

「因為——」黑緒瞄了白夜一眼。「式鬼是特製品。」

「那我女兒也……」

「我不是說過了嗎？死者永遠無法復活。」

「不過，你……」

式鬼不就能一直活著嗎？從他的視線看得出這個想法。死者復活前就知道這只是暫時的重逢，復活後卻無法接受他們會變回一具屍體，因此鬧起脾氣的人並不少。黑緒溫柔地笑著安撫他。

「是可以，前提是她願意成為式鬼。但你們會再也無法見到面。因為令嬡將變成協會的所有物。」

「所——咦？」

「這是規定。無法恢復正常的生活。因為，式鬼僅僅是道具。比人偶更不重要的物品。就像人偶失控時用來對抗他們的槍或刀。用壞就扔掉。是拋棄式的道具。」

黑緒展開雙臂，宛如表演完一場魔術秀的魔術師。雙親面露不快。黑緒沒有放在心上，接著說道：

「同時也是傀裡師的奴隸。」

「奴隸……」

「您希望令嬡也變成那樣嗎？」

父親緊咬下脣。他不希望。黑緒八成也知道，卻沒有閉上嘴巴。

「令嬡已經去世了。肉體會腐敗，最後消失不見。那是自然法則。您知道扭曲法則，會對靈魂造成什麼樣的影響嗎？從式鬼的身分下得到解放後，等待他們的只有悲痛的『死亡』。您希望令嬡只因為兩位的心情受到折磨嗎？」

從她平靜的語氣中感覺不到怒意，可是光看這句話，彷彿在譴責這對父母以自己的心情為優先讓女兒變成式鬼，真是個人渣。

父親低聲呻吟，母親喘著氣發出悲鳴般的哭聲。看到這種畫面，白夜總是會不太好受。因為有傀裡這種東西存在，他們才必須嘗到更多的痛苦。他實在無法不這麼想。

「復活之所以設有時限，就是想避免委託人誤會。只要身體會動，就會忍不住覺得死者還活著。不過，身體已經死了。繼續活動的話，她的身體會逐漸腐壞。您想看見自己的女兒身體慢慢爛掉的樣子嗎？」

「這……」

「現在令嬡是為了與兩位道別，才暫時恢復行動能力。而這也是用來讓兩位走向未來的儀式。所以，請珍惜此時此刻。然後好好跟她道別。」

母親熱淚盈眶。旁邊的父親把手放在她肩上扶著她。少女茫然凝視著兩人。

「明明她離我們這麼近。」

母親對黑緒投以怨恨的目光，黑緒卻沒有反應，因此她似乎明白黑緒不會允許自己接近女兒，死心地嘆了口氣，接著將視線移回少女身上。

「祥子，我好想見妳。」

「媽、媽……我也……好想見妳。」

有的人偶會無法接受死亡，因為失去理智而大吵大鬧，少女看起來卻很明白自身的處境。她鎮定地回應。

「祥子，妳走得那麼突然，爸爸和媽媽好寂寞。」

「對不、起。我，還，不想死。」

聽見祥子這句話，父親低下頭，母親則哽咽了一聲，嚎啕大哭。淚水奪眶而出，落在地上。

「對不起。如果媽媽有好好勸妳……」

母親哭得愈來愈厲害。女兒遇到車禍時，她好像就在旁邊，目擊了慘烈的現場。

由於當時是綠燈，她並未制止衝向馬路的女兒。跑到馬路對面的女兒應該會回頭對自己揮手，事情卻出乎她的意料，女兒跑到馬路上的瞬間，就被闖紅燈的汽車撞飛了。

傀儡儀式舉行前，母親說過她怨恨闖紅燈的那輛車，同時也怨恨自己，後悔當時為何沒有阻止女兒用跑的。

「媽、媽。對不……起。是我自己……要亂跑。」

女兒大概是察覺到了母親的悲傷，向她道歉，好讓母親不要繼續自責。這個行為使母親更加激動，想說話卻說不清楚，只能像在喘氣似的呼吸著。

她變得不太對勁。母親按著喉嚨，不停吐氣。痙攣發作了。

「喂，老婆，老婆！」

父親抱著快要昏倒的母親，讓她坐到地上。母親的臉色愈來愈蒼白。明明不是可以說話的情況，母親依然在發出聲音，想跟少女說話。少女頂著一張無法流淚的臉發出哭聲。

「叫救護車。」

黑緒冷靜地對白夜下令。白夜急忙從口袋裡拿出手機叫救護車。電話很快就接通了。由於他處於混亂狀態，話講得不清不楚，好不容易才讓對方明白狀況。

「大約再十分鐘到。」

白夜將救護車的抵達時間告訴黑緒，看向手錶。現在是下午四點半。預計在四十分左右抵達。還有十分鐘。千萬不能因為傀裡鬧出人命。白夜在心中祈禱母親能恢復正常的呼吸。

少女擔心地想走去母親身邊。不過，黑緒明白少女碰到母親會害她身受重傷，擋在少女面前。

「暫時中斷傀裡。」

黑緒沒有詢問其他人的意見就斷言道，停止傀裡。少女的身體立刻倒向冰冷的地面。父親帶著悲痛欲絕的表情凝視這一幕，直到救護車抵達。

下午四點四十分。救護車抵達現場，將母親抬到擔架上，父親也一同上了救護車。

房子周圍聚集了一堆人。充滿好奇心的眼神看似孩童，卻沒有那麼天真無邪，而是在以他人的不幸為樂，這惡劣的氣氛使白夜感到煩躁。

救護車開走後，那些人的視線便落在兩人身上。對周圍的居民來說，白夜他們是陌生人。每個人都抱持疑心。

你們是誰？發生了什麼事？沒有任何人提問。他們只是擅自在腦內想像發生了什麼事，補完事情經過。其中搞不好還有人將兩人視為罪犯。為了逃避那些目光，白夜將頭壓得更低，用瀏海遮住眼睛。

白夜側目看著黑緒，心生羨慕。置身於名為好奇心的惡意視線中，黑緒依然抬頭挺胸。他無數次地盼望過自己也想像她那樣。他很清楚不可能。他輕聲嘆息，好讓自己死心。

「回去吧。」

黑緒沒等他回答就邁步而出。白夜垂著頭，慢步跟在後面。

兩人走向他們的住處——福音協會。

第一章　她是否會重新動起來？

1

白夜用簡易廚房泡了咖啡。他自己不會喝，不過規定就是由白夜泡咖啡。他沒有抱怨，今天也仔細地將熱水沖入咖啡粉，萃取苦澀的黑色液體。

白夜住的地方是蓋在福音協會用地裡面的宿舍。這棟宿舍是傀裡師專用的。包含宿舍在內，協會的占地面積跟東京大學一樣大，每個分部都有同樣寬敞的用地及建築物，白夜住的這個地方是本部。

協會裡有各種部門。傀裡班、調查班、檢查班、修繕班、保存班、總務班、教育班等等。

活動內容以幫死者與生者牽線，和發掘、培育傀裡師為主。這個情報並未公開，而是透過體驗過傀裡的人的口耳相傳前來委託。因此，不清楚福音協會是為何而存在的人，會以為這裡是宗教團體或某種祕密結社。

傀裡的歷史長達一千兩百年以上。這個能力徹底超出人類的理解範圍，為人們帶來恐懼。也有人說他們是妖怪，把傀裡師當成魔女處刑。他們低調地做著自己的事，沒有積極彰顯自身的存在。

隨著時間經過，自從大眾傳播媒體發達後，傀裡的能力逐漸為人所知。最明顯的就是明治時代的超能力風潮。人們將傀裡師捧得高高的。

然而，愈多人知道傀裡師的存在，就愈多人想利用他們，進而擾亂案件的搜查情況。例如讓自己殺掉的人暫時復活，企圖隱瞞罪行，或者讓自己殺掉的人殺死另一個人。拜其所賜，有許多未落網的犯人。

此外，傀裡師本身也開始遇到危險。人權遭到無視，被當成好用的道具私下進行交易。有人只是因為懷疑「你是不是擁有傀裡的能力？」就誘拐他們。

這同時也導致了外交問題。因為沒人在日本以外的地方看過傀裡師。

讓死者復活，沒有比這危險又誘人的能力。甚至還能組成不死的軍隊，視情況而定，搞不好會毀滅一整個國家。因此政府試圖隱瞞傀裡師的存在，沒有公開承認。

可惜為時已晚。數個國家紛紛抗議這種能力可能造成威脅。起初，政府表示那只是詐欺行為罷了，不過傀裡師開始被帶到國外，遭到外國利用，不容忽視的事件與日俱增，政府才總算採取行動。

政府與各國私下締結條約，明定會負責管理傀裡師及共享情報，並禁止將傀裡師用在軍事用途上，藉此控制情報。所以，聽過傀裡師的人愈來愈少，變成內行人才知道的都市傳說等級的不知名存在。

雖說是管理，再怎麼說都不能迫害他們。對方可是人類。於是，政府想到的是舉起「為生者和死者牽線」這個正義的旗幟，召集傀儡師。

現在蓋來當成管理場所的，就是福音協會——

白夜悠哉地泡著咖啡時，室內響起一聲敲門聲，過沒多久又連續響了兩次。

他暫停將熱水倒進濾杯，望向位於身旁的大門的門縫。一個A4大小的褐色信封剛好從那裡塞進來。

白夜打開褐色信封一看，裡面裝著一份文件。標題寫著「委託書」。他仔細地由上往下閱讀，避免漏看任何一個字。

等他看完文件，是五分鐘後的事。剛才倒進濾杯裡的熱水已經通通滴到咖啡壺中，咖啡粉開始乾掉了。

「啊……」

他沒有倒入適量的熱水，漆黑的液體肯定很苦。而且咖啡泡到最後一滴的話會有雜味。已經一滴不剩的這壺咖啡，八成是雜味的樂園。

要繼續往濾杯裡加熱水，還是要重泡一壺？白夜陷入躊躇。最後他決定當成什麼事都沒發生，將熱水倒進濾杯。

把熱水加到固定位置後，白夜將咖啡倒進杯子，端到矮桌上，對旁邊的沙發呼喚：

「起床了，小黑。」

躺在沙發上的黑緒睜開一隻眼仰望白夜。神似貓咪的眼睛盯著他。她翻了個身，黑色長髮從沙發上垂落。

「咖啡泡好了。」

「哎呀呀，不好意思，害你這麼麻煩。」

黑緒坐起身子，手放在胸前輕輕點頭致謝，將杯子拿到鼻尖。她做出聞味道的動作，接著把咖啡送入口中。白夜將肩膀靠過去，觀察黑緒的反應。

「嗯。今天也是咖啡。」

黑緒散發出如同貴族的優雅氣質。一如往常的反應。她沒發現咖啡泡失敗了。白夜放下心中的大石，吁出一口氣，望向委託書。

「有委託。」

白夜拿起委託書，黑緒心不甘情不願地甩了下手。白夜將這個行為理解成可以繼續說，唸出委託書的內容。

「委託人是周防大和、亞美夫婦。對象是女兒真珠。八天前，二月四號，他們在家裡發現脖子被勒住的遺體。疑似遭到他殺。這次傀裡的目的，是從對象口中問出犯人及道別。執行日在葬禮隔天的凌晨兩點。也就是兩天後的二月十四日，在周防家舉行。」

「知道了。」

「驗屍完後，遺體好像安置在有冷藏設施的殯儀館。雖然離死亡日過了好幾天，身體應該不會腐壞。聽說真珠小姐是在跟犯人對峙時被勒死的。她才十二歲。」

語畢，白夜將委託書翻到第二頁的驗屍報告。

委託傀裡時，需要附上由政府機關發行的驗屍報告或死亡診斷書，以及委託人的身分證明文件。這是為了防止委託人謊報對象的生死進行傀裡。

「好可憐。」黑緒的語氣平淡得不像這麼覺得。「竟然對可愛的少女下手，真是卑鄙的犯人。」

黑緒仰天展開雙臂。這樂在其中的態度，使白夜皺起眉頭。黑緒毫不在乎白夜的視線，快活地接著說道：

「哎呀，不過真是太好了。我可不想對付太大的睡美人。以前傀裡過的殺人案件被害者的人偶有夠難纏。她整個失去理智了。」

「沒辦法。心懷憎惡死去的人，會特別無法控制情緒。」

跟意外事故或自殺的死者比起來，遭到殺害的人類比較難傀裡一點。被殺的人大多會懷著恨意。如果還能理解自己已經不在人世，又更棘手了。憎惡會減輕人偶對「死亡」的恐懼，因此就算身體會受損，他們也不會停止任何一瞬間。會不斷肆虐，直到消除恨意。

「十二歲的話，就算失控應該也能馬上制住她。總之幸好屍體沒被破壞。」

「破壞……妳指的是刻耳柏洛斯嗎？」

「真的很過分。竟然挖出眼睛，割掉舌頭。這樣就算復活也什麼都看不見，什麼都說不了。不過，對協會有意見的話，何不直接來抱怨？因為不敢說就到處破壞屍體，既膚淺又愚蠢。」

黑緒有點粗魯地把茶杯放到桌上，發出彷彿要把杯子碰碎的聲音。

刻耳柏洛斯是從數年前開始暗地活動的犯罪組織，犯罪行為以破壞遺體為主。人稱「連續遺體破壞事件」。隨機挑選死去的人類，不斷破壞遺體，雖然逮到了好幾名犯人，刻耳柏洛斯這個組織卻尚未解體。人數及根據地都無人得知，完全沒有要停止活動的跡象。

該組織的成員相信靈魂死去代表受到淨化，重新回到肉體會被玷汙，墮入地獄。因此他們將福音協會的行為視為惡行，每天都在企圖妨礙。

損壞方式是挖出眼珠、割斷舌頭。讓死者看不見現世，無法與現世的人類交談。他們相信即使靈魂被送回身體，這麼做就能減輕受到汙染的程度。

這件事在三年前曾經是轟動的大新聞。因為刻耳柏洛斯將犯罪聲明發到了網路上。肇事者是落網了沒錯，態度卻像打倒敵人的士兵般光明磊落。警察沒能抓住該組織的尾巴，無法削弱刻耳柏洛斯的規模。

當時也有提到傀裡師，在網路上釀成一陣騷動。雖然很快就有人去滅火，應該有上萬人記得這件事。這起事件導致傀裡師自明治時期後重新受到矚目。

「把怒氣發洩在不會說話的遺體上，真是愚蠢至極。破壞遺體還敢說自己是冥府的看門狗刻耳柏洛斯，他們腦袋有病吧。名字也很俗。一定是中二病或閒著沒事幹，沒人陪他聊天的人經營的組織。」

「是嗎？刻耳柏洛斯是有問題沒錯，不過正因為有傀裡師在，才會發生那種悲劇。要是沒有傀裡師，肯定不會發生那種事。」

「啊哈哈。出現了。傀裡師排斥反應。不可能啦。存在的東西就是存在。想讓他們消失的話，得殲滅傀裡師本人和他們的家系。」

得少掉多少人，傀裡這個能力才會消失？白夜試著想像，腦中卻無法浮現那樣的世界。

「委託時間是後天凌晨嗎。希望遺體在那之前不要被破壞。」

黑緒哼著歌啜飲咖啡，白夜瞇起眼睛。

2

「好，差不多要出發了。」

要在周防家進行傀裡的日子來臨。離晚上十點只差五分鐘。舉行傀裡的時間訂在凌晨兩點，不過還得做事前準備及說明，因此兩人預計於凌晨十二點抵達周防家。

白夜為從沙發上坐起來的黑緒穿好掛在衣架上的外套，接著穿上自己的外套，將車鑰匙收進口袋，拿著行李打開門。黑緒扔下一句「麻煩你護送我囉」，輕快地走到室外，如同一陣微風。

黑緒和白夜來到離宿舍走路約五分鐘，協會旁邊的停車場。踏出宿舍後，仍然在福音協會的占地內。周圍用五公尺高的柵欄圍住，出入口只有協會正面的大門。

協會和宿舍之間是公園，宿舍前面有座噴水池。周圍樹木蓊鬱，地面鋪著草皮和石板路。白夜忽然想起，黑緒說過「這是想增加負離子濃度嗎」。

抬頭一看，天空是一片混濁的黑色，不只繁星，月亮也躲到了雲後面。協會裡的街燈不多，所以周圍顯得有點暗。白夜邊走邊用手機照亮腳邊的路。

穿過公園，右手邊就是協會。建築物的入口部分有如一根長槍，直達天際，頂端設有能讓整條街的人知道時間的大時鐘，亮著晚上也看得見的燈光。旁邊的玻璃有一部分是彩繪玻璃，畫著只剩白骨的死者和體態豐腴的生者。

那棟哥德式建築，讓人想到大教堂。白夜怎麼想都覺得很諷刺。因為這會使他想到嘲笑福音協會跟宗教組織沒兩樣的「教會」。

協會已經下班了，白夜卻發現今天有一個地方燈還沒關。是平常不會用到的懺悔室。

使用者好像尚未抵達，門口燃燒著黃色火焰，彷彿在等待他。黑暗中的光明，營造出一種超脫現實的氛圍。

他聽見鐵的摩擦聲。是蓋得比周圍的柵欄更高的正門敞開的聲音。白夜望向那個地方。一輛看似要融入黑暗之中，半點光澤都沒有的漆黑汽車開了進來，停在協會附近。

一名男子從後座下車。接著又一個人，最後下來的是駕駛座的人。那三個人下車後感情很好地站成一排，像在玩三人四腳一樣，於通往協會入口的白色石板路上邁步而出。

不對，說他們感情很好有語病。中間的男子雙手綁在身後，被兩旁的男子架住。若是朋友的惡作劇，未免做得太過頭了。

「啊哈哈。抓到一隻流浪的囉。」

黑緒愉悅地笑出聲。看來她一眼就認出那三個人是誰了。白夜也瞇眼凝視三人。

仔細一看，兩旁的男子他也認識。是福音協會調查班的成員，十王和五木。白夜也見過他們好幾次。

調查班負責在發現沒有於協會登記的傀儡師進行傀儡時加以調查，捕捉未登記傀儡師。中間那男人就是捕獲對象吧。

被捕的男人肯定是在某個時機覺醒了力量，卻沒加入福音協會，自己學會力量的用法，靠它賺錢。這種人數年會出現一兩個。

被抓的話會由協會嚴格監視。要不是發誓效忠福音協會，直到傀儡能力消失，就是**活得跟死人沒兩樣**。

白夜試著在心中咕噥道「真可憐」，卻沒有產生同情心。

「只不過是讓一個人復活而已！我只是在幫助人。」男子被兩人拖著走在路上，大聲嚷嚷自己的所作所為有多麼正確。「不覺得很可憐嗎？聽到有人的家人突然過世，怎麼可能不同情！」

兩位調查班成員完全沒把他說的話聽進去。男子被硬是拽向協會。他用力踩在地上，以阻止兩人，繼續大吼道：

「喂，聽我說話！有什麼關係。只是給人家道別的時間而已。跟你們沒差吧，對不對！」

「吵死了。最好只有一個，還有更多吧。怎麼可能沒關係。沒登記就進行傀裡，問題可大了。」

十王嚴厲地說。男人暫時閉上嘴巴，卻又開始說話。

「但你不也一樣，要是家人被殺，會想找人幫忙傀裡吧。」

「到時我會去拜託協會。」

「協會最多只會給一小時不是嗎！這麼短的時間哪有辦法道別。」

「那就是規定。死者待得太久，會誤以為自己還活著。設個期限比較好。」

「怎麼可能。只會更痛苦吧。那樣等於是給挨餓的人一口麵包。」

「傀裡是用來道別的行為，不能用在自我滿足上。」

十王堅定地否認。他太有魄力，導致男子面色僵硬，陷入沉默。

「對對對。而且，你靠傀裡跟人開了不合常理的價碼對吧？哎呀，不可取喔。比吃嘔吐物還不可取。」

五木帶著輕浮的笑容說道。男子尷尬地閉上嘴巴。「為了別人」只是用來賺錢的藉口。其中不含信念也不含正義。

「好好走路。要讓你招供你對誰用傀裡了。」

十王低聲威嚇，男子垂下了頭。

白夜將視線從男子身上移開，發現五木在對這邊揮手。現在的情況這麼嚴肅，他實在太散漫了。

「嗨。等等要去傀裡嗎？」

「是的。」白夜點頭。

「這麼晚還要工作，辛苦啦。加油。」

五木將五指併攏的手放在額前，轉動手腕做出敬禮的動作。他比白夜大了十歲以上，有時候看起來卻像個小孩子。白夜覺得這個人很有活力，但他並不擅長跟五木相處。由於不能被對方發現這件事，白夜苦笑著蒙混過去。

「拜囉。黑緒，我們下次見。」

五木對黑緒拋了個飛吻。黑緒看在眼裡，卻故意無視。

從五木他們背後經過時，白夜聽見「**殺兄凶手**」這句話。他回頭望向聲音來源，十王皺著粗眉，一臉不悅地瞪著黑緒。

黑緒沒有回話。白夜看了黑緒一眼，然後低頭用手搔弄頭髮。三人就這樣消失在協會中，彷彿被吸了進去。

「啊哈哈。調查班真辛苦。」

黑緒像看了一場喜劇似的，愉快地鼓掌。態度開朗得跟沒聽見十王說的話一樣。白夜在鬆了口氣的同時，覺得心裡不太好受。

「嗯。不過，那就是他們的工作。」

「跟活人打交道超麻煩的。哎，這樣流浪傀裡師就少了一個，也算一件好事吧。」

白夜回答：「是啊。」

3

他們剛好在凌晨十二點抵達委託人家。夜深人靜，周圍的住宅看不見任何燈光。白夜看著周防家，有點受到震撼。

周防家是西洋式建築，在這一帶是最大的房子。聳立於面前的大門雖然沒有協會那麼高，考慮到這只是一般住宅，便會覺得這扇門挺大的。

門後的道路長到可以在房子和家門間再蓋一棟房子。路旁種了樹，明明是大街上，卻讓人覺得有如一座森林。不曉得是因為這些樹木還是夜色所致，有種會出現魔女的氛圍。

玄關前停了兩輛車，應該是居民的車。兩輛都是高級車。從大門到玄關竟然是開車移動，跟電影一樣——白夜不由得心生感嘆。接著後悔把車停在離周防家要走五分鐘的大馬路旁的停車場。他在內心懊悔，如果直接開車來，就能從門口開過去了。

黑緒發出清嗓子的聲音。白夜發現自己在發呆，急忙按下電鈴。

『請問是哪位？』

回答的是女性。比他看見委託書上的委託人大頭照時想像的聲音沙啞一些。

「我們是福音協會的人。」

黑緒看著攝影機，笑咪咪地回答。對方「呃」了一聲，沉默數秒，然後像做好覺悟似的回答：

『我有聽說。請進。』

聽見這句話的同時，對講機切斷通話，大門發出金屬的摩擦聲自動開啟。那個聲音顯得有幾分詭譎，或許是黑夜的關係。

黑緒邁步而出。白夜小跑步跟上，以免被她拋下。

他們應該走了三十步以上。抵達門口時，一名穿著黑色連身裙和白色圍裙，年近六十的女性站在那裡，她看見兩人，恭敬地彎腰鞠躬。

「久候多時了。」

是剛才從對講機傳出的聲音。看那身穿著及謙卑的態度，再加上獨自站在門口，白夜推測她是周防家的女傭。

「您、您好，我們是來自福音協會的傀裡師。」

白夜代替興味盎然地環視周遭的黑緒低頭致意。女傭瞇起眼睛。神情平靜，銳利的目光卻戒心十足。

「兩位請。」女傭打開家門，招待兩人進屋。黑緒先踏進去，白夜跟在後面。最後進來的女傭在關門後上了鎖。

玄關約莫有兩坪大。這裡感覺也能供人居住——白夜腦中浮現孩子般的想法。從兩人旁邊走到前面的女傭，打開位於玄關正面的門。

「要脫鞋嗎？」

黑緒問，女傭維持鞠躬的姿勢回答：

「直接進來就好。請進。大家在會客室等兩位。」

進屋不脫鞋挺新鮮的，白夜有點困惑。黑緒在白夜耳邊笑著輕聲呢喃「自以為外國人」。白夜提心吊膽地觀察女傭，擔心這句話傳入她耳中，女傭卻毫無反應，大概是沒聽見。

黑緒悠然走向屋內，靴子發出喀喀喀的腳步聲，白夜則跟著她。

走廊盡頭是目測超過二十五坪的大廳。天花板掛著水晶吊燈，被燈泡照得閃閃發光。地板鋪著鮮紅色的地毯，樓梯附近放著一架平台式鋼琴，相當豪華。

正面的房間左邊有三面高度足足有兩公尺以上的拱形巨大玻璃窗，維持相同的間隔嵌入牆壁，看了就覺得白天太陽從那裡照進來，想必會很亮。

玻璃窗外面是陽臺。面積大到遠看都看得出來。可以在那邊烤肉耶——白夜腦中浮現平凡的感想。

環視大廳，右邊有座樓梯，下面有一扇門，平台式鋼琴後面有一扇，左邊的L字區域有三扇，正面有兩扇。到底有幾個房間？房間不只這些。這棟房子還有二樓。白夜萬分驚嘆。

女傭從白夜旁邊經過，站到前面。她走向左側最深處的門，於門前停下腳步，叩響房門。

「老爺，我把他們帶來了。」

『噢，進來！』

如同吶喊的高亢聲音傳入耳中。應該不是女傭口中的老爺回答的，而是他的妻子。聲音跟委託書上的大頭照給人的印象很接近。

女傭打開門，站到旁邊鞠躬。似乎是請他們進去的意思。白夜有點不知所措，因為他看到房內有好幾個人在看這邊。他萌生一股要跳進陷阱的恐懼。踏出去的腳在發抖。

至於黑緒，她沒有一絲猶豫，大步走進房間。被拋下了。白夜也急忙進房。會客室內瞬間一陣騷動。

身材嬌小的美女背後，跟著高大又陰沉的男人。不能怪他們嚇到。兩人的身高差了二十五公分，應該會讓白夜顯得更加高大。

他們倆共同行動的時候，視線總是會第一個集中到高大的自己身上。那是奇怪的眼神，雖說他早已習慣，感覺並不好。白夜低下頭，以逃避那些視線。

他忽然聞到甘甜的香氣。這裡有放芳香劑嗎？白夜東張西望，尋找氣味的源頭。會客室裡沒有多餘的架子，頂多只有中央那張可供十二人或十四人坐的大桌，以及掛在牆上的兩幅畫，沒有疑似芳香劑的東西。

「啊啊，你們真的來了！」

擁有一頭與喪服不相稱的明亮褐色直髮的女性，激動地牽起黑緒的手。刺激保護慾的雙眼讓人想到小動物，紅通通的，有點腫起來。

「初次見面。我是來自福音協會的九十九黑緒。」

「我是周防亞美。走吧，快點！」

亞美往房間外面走去。黑緒制止了她。

「請稍等。現在還做不到。」

亞美當場愣住，大概是覺得馬上就能進行傀裡。她一臉錯愕。

「委託時應該有跟您說過，由於離真珠小姐去世過了一些時間，想強行將她喚回，需要在凌晨兩點舉行儀式。」

幽靈時間——這麼稱呼或許很奇怪，總之凌晨兩點是靈魂最為敏感，容易喚回的時間，對靈魂和傀裡師造成的負擔都會比較少。所以協會建議在凌晨兩點進行傀裡。這件事在簽訂契約時跟亞美說明過，她也同意了。

「啊，說得也是……我都忘了。」

亞美哀傷地垂下頭。一名男子走到她背後，緩緩將手放到亞美肩上安撫她。

「亞美，冷靜點。先坐下再說。」

委託書上有大頭照，所以可以知道那個人是大和。他的特色在於自然捲的黑髮。大和扶著亞美的肩膀，帶她走回原本所在的地方，讓她坐到椅子上，再走回來找兩人。

「不好意思，您才剛到亞美就這麼急。我是亞美的丈夫周防大和。冒昧請教一下，這位是？」

大和用五指併攏的手指向白夜。白夜急忙跟他打招呼。

「那、那個，初次見面。我是來自協會的一白夜。」

他講完名字後，大和皺起眉頭。為何要露出那種表情？我說了什麼失禮的話嗎？白夜提心吊膽。

「兩位的名字都很特別呢。不過，總覺得白和黑聽起來有點……」

白夜明白大和在想什麼了。白與黑。跟慶祝時會用到的紅白布幕相反的黑白布幕。主要用在葬禮，不是吉利的東西。然而，在這個場合也不至於不合適。他們要舉辦復活死者，再讓死者沉眠的儀式，可謂再適合不過的名字。

「我們**原本**是雙胞胎。」

「你們是雙胞胎啊。」

大和睜大眼睛。不能怪他無法相信。龍鳳胎十分罕見，又是異卵雙胞胎，因此他們長得並不像，體型也有差距。儘管被頭髮遮著，白夜的相貌看起來較為年長，導致兩人顯得更不相似。像的地方頂多只有遺傳自母親的眼睛。

「我用的是父親，這孩子用的是母親的姓氏，所以很少有人會把我們當成雙胞胎。」

「啊，原來如此。那還真是——」

大和大概是以為兩人姓氏不同，是父母離婚的關係。他頻頻摩擦下巴，一副想不到該說什麼的樣子。

黑緒彷彿在談論愉快的話題，用格外開朗的語氣說道：

「聽說我們的父母結婚的原因是『想成為完美的一百』。不覺得很蠢嗎？九十九加一是一百。但結婚後又不會相加，只能用其中一方的姓氏。到頭來還是無法成為一百。總是少了些什麼。」

我該笑嗎？大和的喉間發出微弱的呼氣聲。他似乎不知道該如何回應，急忙改變話題。

「我還在想不曉得會是什麼樣的人來，結果來了個年輕人，嚇我一跳。請問妳到底多大？」

「永遠的十七歲。」

黑緒將拳頭放在下巴下面，模仿很久以前的偶像。白夜不耐煩地回答：「二十四歲。」

「這樣啊。哎呀，九十九小姐真會說笑。」

說黑緒十七歲，確實可能會有人相信，不過加上「永遠的」一詞，瞬間變得很像在騙人。白夜跟她講過好幾次「不要再那樣自我介紹了，很丟臉」，黑緒卻沒有要改掉的意思。大和的回應八成是百分之百的場面話。證據就是他的眼角在抽搐。

「還沒跟兩位介紹。今天我想讓這幾位也來參加。」

他換了個話題，伸出手大動作地從房間的右側移向左側。會客室裡有八個人。所有人都穿著喪服，或許是因為告別式剛結束。

「大家輪流自我介紹吧。」

大和指向面前的女性。女子留著頸部裸露在外的清爽短髮，細長型的眼睛給人一種壓迫感，卻又散發出妖豔的氣息。推測是塗抹鮮紅口紅的嘴唇所致。

「初次見面，我是宮島優香。你們真的有辦法讓死者復活嗎？該不會只是詐欺師吧。」

她俏皮地吐出舌頭。黑緒依然面帶微笑，從西裝外套的內袋拿出一本手冊。

「很少人有辦法相信超出自身認知的存在。大家都是這麼說的。我們不是詐欺師。這是協會相關人士的身分證明。世上也有冒牌貨或沒有加入協會，無視規則進行傀裡的流浪傀裡師，還請多加留意。」

這番話語帶諷刺，使優香的表情瞬間一變。她板著臉凝視黑緒亮出來的手冊。手冊是用來證明她隸屬於福音協會的，上面還有大頭照、名字、所屬單位及登記編號。

「討厭——跟警察一樣。是說還有流浪傀裡師這種東西呀？」

「有的。他們會要求比協會更高的金額，成功率卻很低，傀裡失敗後還會直接失蹤，不幫忙收拾爛攤子，儼然是守財奴。」

「好好玩喔，我有興趣了。幸好今天有來。不枉我特地拜託大和先生。」

這話別有深意。亞美瞪向優香，彷彿聽出了另一層意思。會客室的氣氛緊張得如同走在鋼絲上面。黑緒像要表示自己有多遲鈍似的，詢問優香：

「不好意思，請問您和大和先生是什麼關係？」

「我是他的工作同伴。」優香瞄了大和一眼。「兼前女友。」

大和清了下喉嚨，豎起粗眉威嚇她，叫她不要多嘴。優香噘起嘴向他撒嬌。

「下一個。前一個人說完後，可以請你們繼續自我介紹嗎？」

他努力用輕快活潑的語氣說話，以改變氣氛。坐在優香前面的女性察覺他的意圖，一面觀察周遭一面開口。

「我是仁川佳彌，這是小女惠實里子。過世的真珠和小女是同年級的朋友。我自己也受過亞美小姐的關照……今天在亞美小姐的安排下前來參加。」

佳彌想叫惠實里子打招呼，她卻抓著佳彌的手臂別過頭，或許是在怕黑緒。

佳彌長得跟亞美很像，不如說佳彌刻意打扮得和她一樣。跟亞美顏色相同的粉色眼影及淡粉色口紅，糟蹋了她的美貌。浮腫的眼睛像挨過揍一樣，在發黃的肌膚上看起來特別顯眼。感覺得出她對亞美應該是既尊敬又羨慕，但她努力錯方向了。

坐在佳彌右邊的惠實里子穿著綴有荷葉邊的衣服，卻因為肩寬太寬的關係不適合她。樸素點的衣服應該更能襯托出惠實里子的魅力。她的穿著跟照片中的真珠很像，看來連女兒都被迫要模仿真珠。

「下一個是我嗎。我是亞美的弟弟南方義純。我常跟真珠一起玩。她是個親人的可愛女孩。很像小時候的姊姊。長相和個性都是。當成分身一樣疼愛的真珠去世，姊姊該有多傷心啊……」

這對姊弟感情好像很好。仔細一看，兩人五官端正的相貌非常相似。可以說是一對美形姊弟。

義純將五指併攏的手朝向坐在前面的女性，表示自己說完了。那名女子挺直背脊，直盯著黑緒。她戴著口罩，所以只看得見眼睛。衣服穿得比其他人厚，是感冒了嗎？

「我是義純的妻子，枝奈子。那個，我和真珠是……」

話講到一半，枝奈子低下頭，用右手摩擦著與喪服同色的黑色蕾絲領巾。她沒有繼續說下去，不曉得是太難過，還是跟白夜一樣，不擅長在人前說話。

義純見狀，小聲催促坐在枝奈子右邊的嬌小少女自我介紹。少女應該是小學低年級生。年幼的她先是望向大和，接著抬頭看著坐在自己右邊的少年。少年恍然大悟，代替少女開口。

「初次見面。我是周防家的長男大彌。這位是次女紅玉。」

大彌用變聲前的高亢聲音，連同少女一起介紹。大彌跟紅玉都長得像父親，髮色是黑色，眉毛偏粗。不過，黑髮粗眉和那聰明伶俐的相貌非常相襯，黑色讓他顯得有幾分成熟。

「大彌是真珠的哥哥，今年國一，紅玉是真珠的妹妹，今年小三。紅玉很內向。」

大和說完，對坐在大彌右邊的男子使了個眼色。微胖的男子將視線抬高到眼鏡的鏡框上方，輪流看向黑緒跟白夜，輕輕點頭致意。

「……你們好。我是大和的弟弟武藏。」

就這麼一句話。大和盯著武藏，彷彿在說「還有其他可以說的吧」。然而再怎麼等，武藏都沒有多說半個字。大和放棄勸他，指向門口。

「她是在我家工作的女傭吉永小姐。」

確認兩人轉過頭後，吉永深深一鞠躬。是帶他們來到這裡的女性。神采奕奕的臉上洋溢著自信。

「儀式是凌晨兩點開始對吧？所以還有時間。我肚子有點餓。吉永小姐，可以弄點簡單的東西嗎？」

「好的。」吉永低下頭。

「吉永小姐煮什麼都很美味。也會有兩位的份，請務必嚐嚐看。」

「那還真是令人高興。不過準備一人份就好。他不會吃。」

黑緒望向白夜。大和面露疑惑。

「那個，啊，是對食物過敏嗎？」

「我本來打算等等再跟您說明的。傀裡師工作時是兩人一組，但其中一方不是人類。」

黑緒這句話引起一陣騷動。等場面安靜下來，她才再度開口。

「這是有原因的，復活的人類……我們這一行叫他們『人偶』，萬一人偶失去控制，一般人無法對抗。畢竟對方是沒有感覺的人偶。不會手下留情，也不會因為受到攻擊而痛得停止攻擊。所以需要操控同樣的人偶，以壓制他們，我們稱之為『式鬼』。」

「呃……也就是說，其中一位已經死了，所以不用吃飯，的意思？」

大和對白夜投以恐懼的目光。明明想讓人復活女兒，自己卻會害怕其他活過來的人。

「沒有進食的必要。也不是不能吃啦。可是式鬼不具備排泄功能，之後還得把吃進去的東西吐出來，挺麻煩的。啊哈哈。不過沒有飽足感，可以想吃什麼就吃什麼，直接吞進去的話還能把胃袋當成包包用，換個角度想搞不好還算方便。」

黑緒是在開玩笑，其他人的反應卻不怎麼好。他們一臉困惑。雖說已經死了，她可是把人類當包包用。人權主義者聽見肯定會嚴正譴責。不過屍體究竟有沒有人權？

會客室的人通通看著白夜。眼中蘊含嫌惡及好奇心。感覺不到善意。白夜害怕那樣的視線，低下頭，撫摸瀏海，不跟任何人四目相交。

「這樣啊。抱歉。所以妳剛剛才會說『原本是雙胞胎』。不過就算其中一方去世了，你們還是雙胞胎啊。」

「是沒錯。」黑緒把手放到嘴邊。「比起這個，我想先檢查真珠小姐的狀態，可以嗎？」

「沒問題。大家一起走吧。」

大和一說完，會客室的人就全站了起來，跟在大和後面邁步而出，所有人一同前往真珠身邊。

4

真珠的遺體放在走出會客室來到大廳，往右邊直走，面向玄關右手邊的房間。

右邊還有一間房間，是曬日光浴用的。白天的時候，陽光會從日光室照進這個房間，應該亮得連燈都不用開。

房間裡面有畫和一張小桌子，桌上放著花瓶，裡頭插著鮮花。沒有多餘的物品，簡直像原本就是用來放棺材的。

或許是因為有遺體的關係，房內沒開暖氣，與室外無異的氣溫，導致亞美、佳彌等幾位女性冷得在摩擦手臂。只有黑緒若無其事。

棺材放在往裡走三分之二的距離的位置。只有白夜、黑緒、大和、亞美走到旁邊，其他人都站在門口附近沒動。

「這個房間以前是家父蓋來放撞球的，結果好像根本沒用到，白白浪費空間。可是現在，多虧這個房間才能迎接真珠，我該慶幸嗎？」

大和勉強開了個玩笑，眉毛卻哀傷地垂下。面對裝著真珠遺體的棺材，亞美跪在地上哭出來。大和摸著她的背安慰她。

「真珠小姐在這裡面對吧。」

大和慢慢點頭回答黑緒。黑緒望向白夜。發現她在看自己的白夜走近棺材，把手放在蓋板上用力抬起。

根據原本的習俗，棺蓋會釘起來，讓死者順利前往另一個世界，真珠的棺材卻沒釘住，他毫不費力抬起了蓋子。

白夜將棺蓋放到地上，從黑緒旁邊窺探棺材內部。裡面睡著一位肌膚白皙，有如陶瓷人偶的美麗少女。

淡色頭髮梳理得整整齊齊，臉頰及嘴唇的妝，跟亞美現在塗在臉上的顏色相同。粉紅色與雪白的肌膚十分相襯。或許是因為化妝讓她看起來氣色很好的關係，有種她隨時會動起來的錯覺。過世後依然可愛的相貌，使白夜輕易想像出少女生前的模樣。

用不著仔細觀察都看得出，她和亞美簡直是同一個模子刻出來的。真珠死後過了將近十天。亞美卻依然不斷呼喚她的名字，淚流不止，白夜稍微明白原因了。

存在於亞美心中的，不只孩子去世的悲傷。等同於分身的真珠離世，她應該有種身體少了一部分的失落感。這個洞多久都補不好。白夜也有過這種經驗。他想起當時的回憶，忽然一陣鼻酸。

其他人會為真珠的死感到多麼難過？白夜轉頭觀察。但他後悔了。因為眼前只有一排如同雕像，以悲傷來說太過淡漠的表情。

武藏冷冷看著亞美，義純雖然面帶愁容，比起在為真珠難過，更像在為姊姊的眼淚感到心痛。枝奈子只是在偷看丈夫，對真珠興致缺缺；佳彌雖然也有在吸鼻子，表示自己正在哭，眼中卻沒有半滴淚水，看起來只是在模仿亞美。至於優香，她在用手指玩指甲，一副不在乎的態度。

人一旦長大，面對他人的死亡也會變得不再稀奇吧。開始習慣有人去世的人也不少。不過，他們的反應實在太冷漠了。

那麼小孩子呢？白夜將視線移向下方，大彌哀怨地瞪著亞美，紅玉臉上是不適合出現在這個場合的溫柔微笑。兩者都不是姊姊或妹妹去世時該露出的表情。

至少要有一個人吧。奇妙的感覺令白夜握緊拳頭。家人死了卻不難過，未免太悲哀了。

這時，白夜發現惠實里子站在前方，與他跟黑緒面對面。她在偷看放在台座上的棺材。

她的心情看似夾雜了不安及悲傷。身為朋友的她，在為真珠的死哀悼嗎？若是如此，真珠一定也會很高興。

「真珠不會動了嗎？」

惠實里子抬頭看著佳彌詢問。佳彌張大嘴巴，發出錯愕的聲音。

惠實里子跟真珠一樣，是十二歲的小孩，應該是還無法接受朋友的死。惠實里子不安地又對佳彌問了一次同樣的問題。

亞美盯著惠實里子，眼睛仍然瞪得大大的。緊接著，她的臉皺在一起，又開始啜泣。哭聲比剛才更大。惠實里子問的問題，說不定是亞美最想問的。

「欸，真珠。」惠實里子再次開口，身體卻抖了一下，吞回講到一半的話。她好像看到了什麼，受到驚嚇。

白夜跟著惠實里子看過去，發現大彌在瞪她。比大人更有氣勢，跟彷彿殺過人的凶狠表情有幾分相似。

「喂，惠實里子！安靜點。」

佳彌因為惠實里子害亞美哭出來而驚慌失措，其中一邊的嘴角用力垮下，癟成「ㄟ」字形，抓住惠實里子的手臂把她往後拉，惠實里子卻站在原地不肯回去。

「可、可是……她剛才動了嘛。」

她低聲咕噥道。佳彌面容扭曲，威嚇惠實里子。惠實里子似乎在為沒人相信自己一事感到難過，流著淚又說了一遍。

「真珠**剛剛動了**。」

佳彌氣得臉頰都漲紅了，更用力地拉扯惠實里子的手臂。惠實里子都在喊痛了，她還是不放手，將她拽到身後。其他人全都目瞪口呆。

「請等一下。」

制止她的人是黑緒。佳彌不耐煩地低聲詢問「怎麼了嗎」。黑緒沒有回答，走到惠實里子旁邊，配合她的視線高度彎下腰，溫柔地問：

「妳看到真珠動了嗎？」

「不好意思。這孩子好像還不敢相信真珠死了。」

佳彌回答了黑緒的疑問。她雖然面帶笑容，想要快點逃走的心情卻透過空氣傳達過來。黑緒回以毫不遜色的微笑，重新面向惠實里子，提出跟剛才一樣的問題。

佳彌愣住了。回答的人是她，黑緒卻不予理會。佳彌的身體在微微顫抖，不曉得是出於羞恥抑或憤怒。

「……嗯。剛剛動了。我有看到。」

實惠里子哭得一把眼淚一把鼻涕。佳彌一臉嫌惡。

「喂。」她才剛喝斥惠實里子，黑緒就瞪向佳彌。佳彌大概是覺得黑緒明明在瞪人，臉上卻掛著笑容很可怕，閉上嘴巴，將無處發洩的話吞回去，畏畏縮縮。

「大概是什麼時候的事？」

「告別式結束後。」

「當時妳在真珠旁邊做了什麼嗎？」

「我看到白色的線，伸手去拉。接著出現一塊很大的東西，跑進真珠的身體裡面。然後她就睜開眼睛了。」

白夜知道這個動作。他嚇了一跳。那正是傀裡的動作。惠實里子似乎有當傀裡師的才能。

「咦，怎麼回事？」

佳彌連眨眼都忘了，凝視惠實里子。黑緒回答：

「這孩子有當傀裡師的才能。」

「傀？咦？」

「傀裡的才能會在七歲到十四歲間顯露。光有天分還無法傀裡。這是有條件的。」

「條件？」

「惠實里子小姐是否曾經在生死邊緣徘徊過？」

佳彌似乎想到了什麼，「啊」了一聲咬住嘴脣。

「前年，她跟親戚的小孩去多摩川戲水，被河水沖走，那個時候……」

「原來如此。那麼，有跟其他人的死亡扯上關係過嗎？」

「一樣是在去河邊玩的時候……她跟親戚的小孩一起被沖走。親戚的小孩在當時過世，只有這孩子得救。」

黑緒嘴角掛著笑容，微微垂下，連有沒有動都無法分辨的眉毛，看起來卻散發哀愁。她起身面向佳彌，像在安撫她似的放輕語調。

「那就是原因吧。傀裡這個能力會藉由接觸傀裡對象——也就是生物的死，以及自身在生死邊緣徘徊而覺醒。」

佳彌仍舊一臉困惑。她的視線飄向亞美，接著在背後的人身上游移不定。彷彿覺得自己來錯地方，為此恐懼不已。

「咦……為什麼是我女兒？我小時候也差點沒命，卻沒發生那種怪事。」

「就算符合這兩個條件，不會覺醒的人就是不會覺醒。因為那是一種才能。祖先有當過傀裡師的人，會比較容易顯露才能。惠實里子小姐父親的家系，搞不好有那種人。」

「父親？那個人的……竟然是父親，那種人。我們都離婚了……」

佳彌怨氣十足地咬住下唇。嘴唇都變白了，這樣下去可能會咬破嘴唇。

「那很好呀。討厭——意思是妳們家出了個靈能者囉？真巧。」

優香的語氣興奮得跟現場的氣氛形成反差。佳彌瞪向她，她卻沒有放在心上，繼續放聲大笑。

「佳彌小姐，請您快點來協會一趟。」

「我、我不要。我沒興趣加入宗教組織，也沒打算讓惠實里子加入。」

佳彌將惠實里子護在身後。對覺醒傀裡才能的人這樣說，大多都會是這個反應。黑緒壓低聲音，以加重這番話的分量。

「這也是為了保護惠實里子小姐。」

「什、什麼意思？」

「不正確使用傀裡的話，傀裡會伴隨詛咒反彈回自己身上。最壞的情況還可能沒命。除此之外，有些擁有傀裡能力的人會被抓去私下販賣，當成商品對待，而非人類。不過，只要去協會登記成傀裡師，協會就會教她傀裡的用法，也會幫忙保護她。」

協會是政府設立的管理機關，卻沒有強制權。因為政府並未立法規定傀裡師需要強制關進協會。所以他們只能採取勸誘般的行動，需要對方主動前往協會申報。

公然制定那樣的法案，等於是在正式承認傀裡。政府想隱瞞傀裡的存在，希望他們維持在都市傳說的範圍就好，自然不可能立法。

具有強制性的，只有福音協會主動接觸卻沒去登記，私下進行傀裡，或者將傀裡用來犯罪的情況。這樣才總算能把對方視為危險分子，由福音協會處理。

雖然表面上是採取自我申報制度，到頭來還是以申報制為名的強制性行為。反正都會被強制送去協會，自我申報的待遇還比較好。

「如果絕對不使用傀裡的能力，又能保密一輩子，不去協會登記也行。不過，就算是在無意識之間也一樣，萬一她下次擅自使用傀裡的能力，令嫒將受到拘束，還請兩位諒解。」

「為什麼？你們有什麼權力這麼做。」

「能讓死者復活，非常危險不是嗎？超越人智的能力，是畏懼的對象。傀裡是必須加以管理的能力。否則這個世界的根基會動搖。」

「這、這也太……我從來沒聽說過。」

「被列為監視對象的話，做什麼都會有人盯著。沒有自由也沒有隱私。所以，勸令嫒最好快點來協會登記。登記成傀裡師能領到錢，也會保障一定程度的自由。更重要的是，可以幫忙排解遺族的悲傷。」

佳彌看了惠實里子一眼，面露恐懼。黑緒重新面向惠實里子。

「妳有跟真珠小姐說到話嗎？」

「嗯。一下下。」

「妳們聊了些什麼？」

「呃……」

惠實里子瞄了母親一眼，接著望向大和跟亞美，視線移動到他們背後。她的肩膀用力一顫，縮起身體閉上嘴巴。

「現在不行嗎。那等妳方便說的時候，可以告訴我嗎？」

惠實里子點點頭，動作細微到看不出她到底有沒有動。

5

得知惠實里子擁有傀裡能力後，氣氛變得有點尷尬。亞美因為自己沒有那個能力而嚎啕大哭，佳彌覺得自己把氣氛搞僵了，垂下肩膀陷入憂鬱。

大和認為繼續待在撞球室，氣氛只會一直這麼沉重，建議移動到食堂。由於沒人反對，大和便打開撞球室的門，為眾人帶路。

走出房間時，白夜聞到進來時沒有的甘甜香氣。跟在會客室聞到的一樣。

這裡也沒有看似芳香劑的東西。他動著鼻子尋找氣味的源頭，發現是從義純和枝奈子夫婦身上飄出來的。愈靠近兩人味道就愈重。接近讓人頭暈的刺激性氣味。

「難道有味道？」

表現在臉上了嗎？白夜用手掩嘴，遮住表情。黑緒以親切的語氣詢問夫妻倆，為白夜解圍。

「兩位有噴香水呀？」

「其實是出門前，我打翻了香水，衣服也有沾到。由於沒時間處理，我們只好直接過來。味道太重的話不好意思。」

「您會用香水嗎？」

「內人會用。那是我送給內人的香水。當初買的時候還不這麼覺得，結果味道比想像中好聞，今天我想讓內人聞的時候不小心靠太近，把香水弄掉了。」

「好貼心喔，送老婆禮物。您真是個好老公。」

「平常我什麼都沒做，所以偶爾會送點東西。不這樣她會跑掉的。」

義純嘴上這麼說，但枝奈子看起來很聽義純的話，不像會跑掉的樣子。是因為現在在別人家，枝奈子才刻意裝乖嗎？白夜感到疑惑。

「哎呀，那您最好小心點。因為女人心比秋天的天氣還善變。」

聽見黑緒這句話，義純露出無奈的笑容，走出房間。

最後離開撞球室的人是白夜。他關上門，跟著前面的人走向右斜前方。

從玄關走向大廳時看到的正面那兩扇門之中，左邊那扇是通往食堂的。剛剛關著的門，現在打開來讓人看見室內。

食堂有會客室的一點五倍大。裝飾品比其他房間多，牆上有四幅畫，玻璃櫃裡放有大量的古董餐具。

抬頭一看，天花板掛著比大廳小的水晶吊燈，形似一朵綻放開來的彼岸花，燈泡則裝在花莖的前端，將下方餐桌上的餐具照得更加美麗。

桌上已經備好除了白夜在外的所有人的輕食。大和拜託吉永準備餐點，還過不到二十分鐘，她卻已經做好了。看來吉永是個能幹的女傭。

眾人按照坐在會客室時的位子各自入座。左邊那排坐著大和、亞美，中間隔著一個空位，然後是義純、佳彌、惠實里子，右邊那排是武藏、大彌、紅玉、枝奈子、優香、黑緒、白夜。

其他人知道有一個人是式鬼後，總是只會為他們準備一個座位，這次卻有兩人份。或許是顧慮到他的感受，白夜的座位前面還放著水跟紅酒，他有點開心。

「真豐盛。看起來好好吃。」

黑緒盯著眼前的盤子，兩眼發光。盤子上放著三明治。有夾了火腿和蛋、生菜和雞肉、番茄和酪梨的鹹三明治，也有使用鮮奶油和草莓，跟甜點一樣的三明治。

全是黑緒以前喜歡吃的東西，所以她才這麼高興。吉永說不定有一雙能看穿別人愛吃什麼的千里眼。

「對吧。來，請用。別客氣。」

大和驕傲地挺起胸膛，用手勢示意。黑緒看了立刻開始動手。她拿起切成一口大小的火腿蛋三明治，像在收納寶物般放入口中。

「如何？好吃吧？」

「非常美味。」

黑緒笑著回答大和。

撞球室的氣氛煙消雲散，氣氛平靜下來，其他人卻面色凝重。只有幾個人在吃桌上的輕食。

大和才吃了一口，雙手就交疊於面前，沒有再動餐點。亞美將手帕放在嘴邊，始終低著頭，大概是原本就沒食慾。

大彌憂鬱地啃著三明治的邊角，手很快就停下了。簡直像在被迫吃一張紙。紅玉似乎睏了，頭部上下晃動，一直在打盹。

義純從甜三明治吃起，吃完那些後，剩下的三明治就放在那邊沒碰。枝奈子似乎不太舒服，連手都沒伸出去，一動也不動。

佳彌吃了一半一口大小的三明治，偷看亞美一眼，然後開始咀嚼。彷彿在偷吃東西。

優香沒有碰三明治，輕輕搖晃酒杯，把酒送入口中。

只有武藏、惠實里子、黑緒在用餐。他們旁若無人，盡情大吃，三明治快速從盤中消失。

沒有任何人說話，或許是因為可以拿吃東西當藉口。沉默的空間中，只聽得見咀嚼聲和餐具碰撞聲。食堂瀰漫著一股難以開口的氣氛。

黑緒一副毫不在意這種氣氛的態度，俏皮地跟大和搭話。

「大和先生，您家好大喔。到底有幾間房間？感覺都能在家裡玩躲貓貓了。」

兩人的座位雖然離得很遠，食堂裡面很安靜，所以聲音聽得再清楚不過。大和一臉驚訝，大概是沒想到黑緒會找他聊天。他清了下喉嚨，收起驚訝的表情回答：

「躲貓貓啊。我小時候常玩。躲在倉庫裡，把爸爸的寶貝弄壞。對吧？武藏。」

大和將話題拋給武藏，武藏卻只應了一聲「嗯」。大和尷尬地清嗓，瞄向手錶。

「現在是凌晨五十分嗎。還有時間。若九十九小姐有興趣，要不要我帶妳逛逛屋內？」

「請務必帶我參觀。方便的話現在就可以。」

黑緒不懂得客氣。只要有興趣就會大步逼近。假如大和沒有主動提議，黑緒也會找個理由在房裡亂逛吧。白夜輕聲嘆息，免得被黑緒聽見。

「好啊。還有人要來嗎？」

大和詢問眾人，卻沒人舉手。他聳聳肩膀表示遺憾，起身走到食堂的門口。黑緒用餐巾稍微擦拭嘴唇，站起來走向大和。白夜隨後跟上。

大和的導覽在只有三人的情況下開始。他來到大廳，關上食堂的門，立刻為兩人介紹。

「那邊是剛才我們在的會客室。旁邊是書房，還有撞球室。」

他們按照逆時針方向，從會客室開始參觀一個個房間。每間房間使用的都是古董家具。有種不小心穿越到明治時代的年代感，白夜卻覺得這樣反而別有一番風味，感覺很有格調。

來到撞球室時，大和走到裡面。他走近棺材，打開棺蓋上的小窗，低頭看著真珠，臉上是滿滿的愛意，彷彿是來看女兒的睡臉。白夜他們靜靜站到大和旁邊，避免干擾他。

「我真的覺得真珠的死像是騙人的。」

白夜一面聽他說話，一面跟著窺探棺材內部。可以理解大和為什麼這麼說。因為真珠的氣色看起來比剛才還要好。

「沒想到會有委託別人舉行傀裡這種儀式的一天。」

「您從何得知傀裡的存在？」

黑緒的問題使大和的表情變得有點僵硬。他咕噥著「是在什麼情況下啊」，視線飄往右上方。

「我忘了。因為那是很久以前的事。大概是聽說朋友去委託，我想了起來，這次才會去找你們。」

「原來如此。是您還是亞美小姐想委託的呢？」

「是亞美。我想說若能好好跟真珠道別，亞美也能放下心中這塊大石，就同意了。」

大和在胸前雙手一拍，說道「好，去下一個房間吧」，在兩人提問前強制結束話題，關上棺材的小窗，快步走出房間。

大和的態度透出一絲心虛，白夜心想，他是不是在哪裡委託過傀裡師？

經過玄關前面，大和指著樓梯下方的門說那是洗手間，沒有停下腳步，回到食堂前面。

他接著打開食堂旁邊的門，跟兩人介紹配膳室，然後打開配膳室斜前方的門。門後是簡樸的走廊。有種舞臺和後臺由那扇門分隔開來的感覺。

「從左手邊的門開始，依序是家事室、往二樓的樓梯，正面是廚房。右手邊是傭人休息室跟倉庫。」

家事室裡面放著一張桌子，桌上有電腦和路由器。桌子旁邊的架子上有熨斗等家具。簡單的家事和文書處理工作，好像是在這邊做的。廚房大到讓人以為是餐廳，附帶高級的不鏽鋼冰箱。傭人休息室也寬敞又乾淨，甚至連專用廁所和浴室都一應俱全。倉庫空間足夠，怎麼看都不像私人住宅的豪華程度，令白夜為眼前的一切瞠目結舌。

參觀完一樓後，三人從家事室旁邊的樓梯來到二樓。樓梯口掛著畫來裝飾。這棟房子到底有幾幅畫？白夜不懂畫的價值，但他覺得光是放在這棟屋子裡，什麼畫看起來都很值錢。

爬上樓梯，大和往左邊走去，打開走廊底部的門展示房間內部。

「這裡是書庫。家父的興趣是收集各國的書。」

大和無奈地聳肩。光這個動作就看得出他不感興趣，黑緒卻環視書庫向他確認。

「大和先生對這些書沒興趣嗎？」

書庫裡放了許多書，足以用小型圖書館來形容。不只日文書，連英文、俄文、中文書都有。白夜心想，沒興趣太可惜了。

「比起閱讀，我更喜歡活動身體。我一天到晚跑去打高爾夫或釣魚。」

「這樣呀。好可惜。這些都是很棒的書。」

黑緒笑著說道，大和瞬間板起臉，應該是想問「妳明白這些書的價值嗎」。不過，他馬上露出柔和的笑容回答：「有空我會去看看。」

三人離開書庫，於走廊上直線前進。左手邊的房間是倉庫。架上放著收進箱子的東西，感覺比一樓的倉庫整理得更仔細。搞不好有很多值錢的物品。或許是因為這樣，大和得意地打開房門，卻在黑緒走進房間前就把門關上。

在走廊上前進了幾步，樓梯旁邊也有一扇門。

「這裡是吉永的房間。雖說是傭人，這裡畢竟是別人的房間，不方便給兩位看。」

大和直接略過那間房間，打開走廊正面的門。儘管比一樓小，門後的大廳還是大到足以辦一場舞會。

打開左前方的門，介紹寬敞的更衣區和浴室後，大和從右前方的門開始說明。

「左邊的房間是浴室。然後，這裡是我們用的洗手間、我和內人的衣櫃，旁邊有一條小走廊，走到底是我和內人的寢室。走廊旁邊是兒童房。」

二樓好像是他們的主要生活區域。夾在衣櫃和兒童房之間的狹窄走廊的底部，是夫妻倆的房間，可惜他沒有開門給兩人參觀。

當他快要從兒童房前面經過時，黑緒叫住大和拜託他。

「可以請您讓我看看兒童房嗎？我很好奇最近的小孩子都在什麼樣的房間裡生活。」

大和面有難色。兒童房同時也是真珠遭到殺害的房間，他不可能會想給別人看。這種事黑緒應該也知道，但她為了軟化大和的態度，開始稱讚這棟房子有多麼豪華美麗。

白夜猜得到黑緒為何會想看兒童房。她對事件有興趣。所以才會提早兩小時到這裡。平常都是提早三十分鐘到一小時，白夜早就覺得不對勁。以前也發生過類似的事，所以他隱約有察覺到，但他無權干涉黑緒的行為，所以什麼都沒說。看來果然料中了。

他誠心祈求這次只會是單純的好奇心。

「好吧，只看一下的話是可以。」

黑緒的努力似乎得到了回報，心情變好的大和打開兒童房的房門。

兒童房的構造很有趣，不是一打開門就進到房間，而是有一條短短的走廊。左手邊有扇普通的門，上面貼著禁止進入的封條。一眼就看得出是案發現場。右手邊是正中央用毛玻璃做成的拉門，走廊的木頭地板在走到第二步時發出吱嘎聲。

大和拉開拉門。本以為裡面是和室，實際上卻是鋪地板的西式房間，面積約五坪。大和說這間房間以前是和室，是之後才改裝的。

右邊的牆壁有臺附帶外接硬碟的巨大電視，電視前放了張沙發。正面的牆壁是和室留下的壁櫥，左前方有兩張面對窗子的書桌，前面是兩張床。

疑似是雙人房。牆上掛著男生穿的黑色立領制服，對面的房門上掛著真珠的名牌，可見這裡是大彌和紅玉的房間。

大彌是男性。通常男女不都會分房住嗎？而且大彌還是長男，可能是這個家的繼承人。這種疑似名門的家族感覺會很重視長男，住單人房的卻是真珠而非大彌，令人不解。

「大彌先生和紅玉小姐住同一間房嗎？」

「因為大彌是長男，我讓他幫忙照顧妹妹。」

關於三兄妹的年齡，大彌今年國一，所以是十二、十三歲，真珠十二歲，紅玉小學三年級，差不多八、九歲。國中生確實比小學生可靠，但既然是住家裡，交給同為女性的真珠不是更適合嗎？

「您沒有被男女有別的風潮影響呢。」

大和露出僵硬的笑容，沒有回答。他像要改變話題似的扔下一句「走吧」，準備離開兒童房。不過，黑緒直接擅自推開真珠的房門，果斷鑽過封條，踏進其中。

「那個，不要隨便進去好不好。」

「好可愛的房間。」

大和語帶不耐，黑緒卻假裝沒聽見，發表感想。大和深深嘆息。白夜有點同情他。

總而言之，白夜從呆站在真珠房門前的大和身邊走過去，跟著黑緒進房。

一踏進真珠的房間，旁邊就有一面靠在牆上的全身鏡。鏡子左邊是櫃子和衣架，衣架上密密麻麻地掛著綴有荷葉邊的裙子等可愛的衣服。鏡子右邊甚至還有梳妝台，擺滿小孩用的化妝品。牆上貼著動漫角色的海報和照片，大多是真珠跟亞美的合照。

黑緒說的沒錯，真珠的房間跟大彌他們不同，挺可愛的。然而，僅限於房間的前半部，後面沒有前面那麼熱鬧。那裡只有書桌和床，白色的壁紙顯得有幾分淒涼。

簡直像把房間分成一半，跟其他人共用。房間的前後兩區風格迥異，有點奇怪。

莫非前面是亞美的興趣？牆上貼著許多跟真珠的合照，彰顯自身的存在感，讓人產生這種想法。

黑緒在凸窗旁邊的床鋪前停下腳步。床上的棉被亂成一團。應該是維持在真珠遭到殺害時的狀態。床單上還有疑似失禁的痕跡。慘狀歷歷在目。

「真珠小姐就是在這裡遇害的嗎。」

黑緒這句話實在很粗線條。白夜擔心大和會不會生氣，不過在她闖入這間房間的時候，他應該就放棄了。大和看著封條，神情憂傷地回答：

「她正好仰倒在那張床上。」

「房間沒被弄亂呢。」

「犯人的目標只有真珠吧。警察說床被弄亂了，所以脖子被勒住時，她應該有抵抗。」

「您對於犯人是誰有頭緒嗎？」

「這……」大和摀住嘴巴，移開視線。搞不好有。但不能去懷疑那個人。或是懷疑也沒有意義。大和不肯回答。

「真珠小姐為何會被盯上？」

「不知道。可是——」他欲言又止。還是不肯回答。大和安靜得有如嘴巴拉上了拉鍊。

「抱歉，去下一個地方吧。」

他消失在封條前面。八成是離開兒童房了。黑緒無奈地走出真珠的房間，追向大和。白夜也跟在後面。

離開兒童房後，大和打開旁邊的客房，笑著說「很大吧」，彷彿要把在兒童房聊到的事當沒發生過。他接著打開底部的門，介紹另一間客房。

「真的很大。話說回來，大彌先生和真珠小姐差了一個年級。那麼讓同為女性的真珠小姐負責照顧紅玉小姐不是更好嗎？」

話題又被扯回來，導致大和縮起脖子，嘴角下垂。他似乎不想被問這個問題。儘管如此，黑緒還是問出口了。這是她引以為傲的裝傻技能。

「大彌先生和紅玉小姐長得像您這位男主人。最像亞美小姐的是真珠小姐。三兄妹中最受寵的，就是真珠小姐吧？」

大和面露不悅。他默默別過頭。黑緒隨著他的視線站到他面前。大和大概是覺得就算扯開話題，她還是會繼續問，一副放棄掙扎的樣子回答：

「沒錯。我們最疼愛的就是真珠。看得出來對吧。」

「我隱約覺得怪怪的。剛才去看真珠小姐的時候，我看不出大彌先生他們會難過。不僅如此，大彌先生看著嚎啕大哭的亞美小姐時，眼神還帶有一絲恨意，感覺得到自己沒有被愛的嫉妒之心。再加上那間房間，使我確信了。」

白夜覺得這番話彷彿是在講自己，心裡隱隱作痛。身為兄妹卻只有一人能得到寵愛，該有多悲傷啊。想到大彌他們的感受，白夜也跟著難過起來。

「內人只會疼跟自己很像的真珠，所以房間也只有真珠是睡單人房。或許是因為這樣吧，真珠在三兄妹之中顯得格格不入。」

「他們感情不好嗎？」

「該怎麼說呢。他們念的是搭電車離這裡十分鐘的完全私立學校，上下學的時候，大彌好像都是跟紅玉一起走。可是，真珠只是跟在後面而已。他們沒有欺負真珠。只不過感覺有點隔閡，或者說相處模式跟外人一樣。」

同為兄妹，受寵的卻只有真珠一人，自然會不好受。明明是當爸媽的害他們變成這樣，大和確一副置身事外的態度。

「大彌先生和紅玉小姐並不喜歡真珠小姐。意思是兩位討厭她嗎？」

黑緒直截了當地詢問，大和頻頻撫摸下巴，低下頭，沒有回答這個問題，說著「去下一個房間吧」，稍微加快腳步走出客房。

他表面上故作鎮定，不曉得現在是什麼心情。家裡的私事被陌生人知道。彷彿可以在大和臉上看見煩躁的情緒。

「客房旁邊是武藏的房間。」

「令弟也跟各位住在一起？」

「對啊。武藏在我的公司上班。就是所謂的居家辦公。」

這裡是其他人的房間，因此大和同樣沒有開門給兩人看。取而代之的是，他打開武藏房間旁邊的佛堂。裡面只有一座佛龕和一張桌子，乾淨整潔。

「好了。」完成嚮導的任務後，大和拍了下手。「回樓下去吧。」

所有的房間似乎都參觀過了。大和關上佛堂的門，走下旁邊的樓梯。

「打掃起來應該很累吧。傭人好像只有吉永小姐，這樣不會人手不足嗎？」

黑緒跟小姑一樣，輕輕用手指摩擦樓梯的扶手。手指上沾了一點灰塵。看見黑緒這麼做，大和面露驚訝。他立刻扯出笑容掩飾過去。

「啊，因為發生了那起事件，警察叫我們暫時維持原樣。不好意思，積了些灰塵。不過我久違地請了清潔公司在今天上午過來。因為只要見到真珠，就能破案了。」

「噢，這樣呀。」

「住在這裡的女傭只有吉永小姐，她從家父還在時就在我們家工作。煮飯、照顧小孩、清理每個人的房間、找清潔人員來打掃，都是麻煩她幫忙。私人房間以外的地方會在每天上午請人打掃，庭院則是需要整理時再叫專門的清潔人員過來。所以有吉永小姐一個人就夠了。」

能天天叫人來打掃，真令人羨慕。宿舍的房間都是白天由白夜一個人負責整理，他不擅長打掃，所以每次都會很憂鬱。

差不多該打掃一下了。想到自己的房間，白夜嘆了口氣。

6

剛走下樓梯，眼前就是食堂的門。門開了一條縫，從中傳來爭執聲。大和先是露出訝異的表情，接著大步走向食堂，用力打開門。

「是你殺了真珠！」

怒罵出自義純之口。從現在的狀況可以推測得出，這句話是對武藏說的。武藏抓著義純的領口，感覺隨時會對他動粗。

桌子有點歪掉，大概是兩人扭打在一起時撞到的。只有優香坐在椅子上，大彌和紅玉站在右側的牆邊抱在一起，旁邊是護著兩人的吉永，佳彌緊緊抱著惠實里子，待在左側的牆邊。

義純雖然比較高，武藏卻比他壯碩，因此義純趨於下風。亞美站在義純旁邊，怒罵武藏為義純助勢。

「喂喂喂，怎麼回事？」

大和急忙介入其中，兩人卻不肯放開對方。亞美代替不肯回答的兩人，歇斯底里地大吼：

「這個人就是犯人！否則真珠怎麼會在自己的房間被勒死？只有住在這個家的人才做得到。他住在家裡，又是第一個發現的人，會懷疑他很正常吧。」

武藏似乎是第一發現者。白夜想起真珠的房間和武藏的房間的位置關係。兒童房前面有一扇門，還隔著一段距離，就算有人偷偷潛入，武藏沒發現也很正常，不過實際情況又是如何？

「不是我，我沒有做那種事！」

「騙人。所以我才不喜歡讓這個人住在這裡。是因為大和拚命拜託，我才勉強答應的。」

亞美好像很討厭武藏。白夜從她接下來說的那句話得知，這不是一天兩天的事。

「證據就是五年前，他想誘拐小學女生，最後被警察抓走。他只對小孩子有興趣。真珠還是小學生。」

義純摸著快要過度換氣的亞美的背安撫她。白夜覺得那兩個人之間，有著比大和更加緊密的羈絆。

「不是我。那孩子很仰慕我。我不會做那種事！」

武藏連忙表示自己是無辜的，其他人卻一臉懷疑。她提到了「誘拐」一詞。即使沒有徹底相信，每個人看起來都覺得武藏很可疑。這樣的氣氛使武藏壓低音量，全身緊繃，顫抖不止。

「如、如果妳要這樣說，枝奈子小姐比我更可疑吧。」

武藏突然提到枝奈子。為何要點名枝奈子？不只白夜，其他人也感到困惑。妻子遭到懷疑，義純氣得漲紅了臉，這次換成他抓住武藏的領口。

「少亂講話！案發當時，枝奈子和我一起待在家裡。案發時間有人來送宅配，是枝奈子去拿的。警察也調查過了。你告訴我她到底要如何下手？」

「難說喔。搞不好你們賄賂了送貨員，讓他作偽證。因為，枝奈子小姐看起來不太喜歡真珠。」

白夜尋找枝奈子的身影。她不在剛才的座位附近。到底跑哪去了？他轉頭望向身後，發現枝奈子站在角落。因為她站在背後，白夜才沒有看見。

被人懷疑，枝奈子似乎大受打擊。她把頭靠在牆上，垂著頭站在那邊。頭髮擋住了她的臉。或許是想遮住淚水。

「我們沒有小孩。她只是不知道要如何跟小孩子相處。」

「你們來這個家的時候，大彌和紅玉對枝奈子小姐的態度都很正常，只有真珠會異常恐懼。那不就代表只有真珠被做了什麼嗎？」

「為什麼枝奈子要欺負真珠？莫名其妙。」

「因為真珠長得很像你姊吧。亞美小姐對枝奈子小姐的態度不是很好。枝奈子小姐對此心存不滿，卻不能對亞美小姐怎麼樣，才拿跟她相貌相似的真珠洩恨。」

武藏帶著淺笑說道，義純掄起拳頭揍向他的臉。武藏被揍倒在地。悲鳴響徹食堂。

武藏立刻坐起上半身，手按著臉頰瞪著義純。大和跑到武藏旁邊關心他。他擔憂地觀察武藏的身體，想檢查他有沒有受傷。只不過，亞美輕蔑地俯視手足情深的兩人。

「姊姊怎麼可能對枝奈子做那種事！別為了隱蔽自己的過去汙衊姊姊。」

義純挺起胸膛反駁。武藏被人說成這樣，大和瞪向義純。然而，也許是看見亞美站在旁邊的關係，他很快就低下頭，結果一句話都沒有反駁。

他身為一家之主、社長、父親，在亞美面前卻少了一半的威嚴，低垂著頭，宛如面對巨大大象的獅子。大和在亞美面前抬不起頭。白夜親眼見證了這個事實。

醜陋的爭執似乎還沒有要結束，武藏站起來，再次抓住義純的領口。大和介入其中想要勸架，卻阻止不了。義純也伸手抓向武藏的領口反擊。亞美像輔導員似的，在旁邊為義純聲援。

這時，大彌牽著紅玉的手從白夜面前經過。白夜看著兩人。他們就這樣走出食堂。是不想再看見大人醜陋的爭執嗎？

白夜一面盯著他們，一面通知黑緒。黑緒察覺他的用意，走出食堂追上兄妹倆。白夜雖然很在意食堂的衝突，還是跟了上去。

兩人坐在食堂前面的樓梯上低著頭，手牽在一起。明明是在寬敞的大廳中，離兩人愈近，氣氛就愈沉重。

「嗨，兩位。睏了嗎？」

哪有人這樣跟人搭話的？白夜如此心想，卻沒說出口。大彌抬起頭，面無表情。

「只是因為紅玉被那場騷動嚇到，我們想換個地方待。」

他的語氣毫無起伏。黑緒興致缺缺地「喔」了聲，坐到大彌旁邊。

「妹妹都去世了，你看起來卻不怎麼難過呢。」

大彌臉上稍微有一點表情了。他困擾地垂下眉梢。

「不難過，果然很奇怪嗎？」

「不會吧。有人死了會難過，是用來自我安慰的情緒。附加作用是人際關係應該會變圓滑，但也只有這樣而已。而且，人類死亡僅僅是一種現象，沒必要勉強自己難過。」

「現象……」

「你很聰明。非常理性。你知道再怎麼難過，她都不會回來，也沒什麼好高興的。何況是不喜歡的對象。浪費情感不是很沒意義嗎？」

大彌睜大眼睛望向黑緒。黑緒笑著回望他，表情看起來有幾分得意，白夜不太舒服。

「為什麼妳知道我不喜歡真珠？因為我不難過嗎？」

「因為母親為真珠小姐哭泣時，你露出極度不悅的表情。」

大彌驚訝地用雙手摩擦臉頰，放下手後咕噥道：

「沒錯。媽媽總是只會關心真珠。真珠死後，她還是一樣只想著她。所以我……不對，我們討厭真珠。」

黑緒望向紅玉，本來就鼓起來的臉頰變得更鼓了。大彌似乎也有同樣的感受。好寂寞。真珠死後，母親仍舊沒有對他們傾注愛情。白夜完全可以體會這種心情。他覺得簡直像看到小時候的自己，下意識移開視線。

「討厭到想殺了她？」

令人背脊發涼的話語突然傳入耳中。白夜望向黑緒，她臉上掛著溫和的笑容，使他懷疑自己是不是聽錯了。從那抹笑容之中，看得出她有多麼惡劣。

與黑緒對峙的大彌皺起眉頭。大彌吁出一口氣，鎮定地回答：

「我沒有殺她。當時我跟紅玉一起在房間裡面看電視。有部動畫每個禮拜五下午四點二十五分開始播，我們在看那個。」

「你喜歡看動畫呀。」

「起初我沒什麼興趣，但紅玉喜歡看。我在陪她看的時候也慢慢好奇起來。」

大彌靦腆一笑。這個表情非常符合他的年紀。紅玉插嘴說道：

「那個，之前呀，香奈惠的朋友被壞人抓走了。香奈惠變身打倒了壞人。」

似乎是變身系的作品。香奈惠應該是主角。白夜想起自己小時候看的英雄動作片，有點懷念。

「哦，那還真有趣。」黑緒點點頭。

「只要把壞人打扁就對了！」

「什麼樣的人是壞人？」

「就是，拿走別人的東西，看不起別人的人！」

紅玉笑著說道。話講得不清不楚的紅玉，給人的感覺比外表更加年幼。不能跟父母撒嬌的紅玉，或許就是藉由跟其他人撒嬌，來彌補不足的愛。可是，黑緒只有冷漠地回了句「是嗎」。

「現在幾點？」

黑緒突然詢問白夜。白夜看了下手錶。現在時間凌晨一點四十分。差不多該準備了。

「凌晨一點四十分。要怎麼做？」

聽見時間的黑緒站起身。紅玉抬起視線看著她，似乎還想要黑緒聽自己說話。黑緒好像有注意到她的視線，卻直接無視，跳下樓梯往食堂踏出一步。

「那個，」大彌叫住黑緒。「真的……會復活嗎？」

那懷疑的表情與父親如出一轍。白夜心裡冒出「啊，他們真的是父子」這個感想。黑緒站到大彌面前回答：

「嗯，對呀，稱之為復活有語病就是了。」

「語病？」

「那只是暫時的。死去的人類不會復活。你放心。等媽媽以後接受了真珠小姐的死，她就會正視你們了。大概。」

白夜猛然驚覺。那個問題不是「妳有辦法讓她復活嗎」的意思，而是「她要復活了嗎」。他在擔心萬一真珠復活，他們就無法得到母親的愛。

聽見黑緒的回答，大彌表現出鬆了一口氣的態度。那是孩子該有的柔和表情。

「好了，回去吧。」黑緒呼喚兩兄妹。

四人一同回到食堂時，爭執已然平息，氣氛卻變得險惡無比，有如擴散開來的煙。

「那麼各位，現在開始準備舉行儀式。」

黑緒露出燦爛的笑容，彷彿要吹散沉重的空氣。

7

兩人帶著食堂裡的所有人，來到撞球室。黑緒和白夜站在棺材前面，旁邊是大和及亞美，剩下的人則站在後退一步的位置。

儀式用不著準備豪華的祭壇。只需要名為聖水的液體，用來除去身體周圍的雜質，以及人稱返魂香的香，作為路標好讓靈魂在傀裡時能順利回歸。

沒有這些東西也能傀裡，不過使用道具會更加安全，能在短時間內完成儀式，因此白夜他們每次都會使用。

他們在棺材前面放了一張小桌，從包包裡取出裝著聖水的細長玻璃瓶和手掌大小的香爐，放到桌上。

「好，終於要來了嗎。希望她不要有起床氣。」黑緒喃喃自語，轉頭看著義純他們。「大和先生和亞美小姐在委託協會時，負責人有事先說明過，不過其他人應該不知道，請容我們說明一下。」

黑緒將右手放在胸前，恭敬地一鞠躬，從中央退到後方。白夜代替她站到中央。目光一口氣集中在自己身上，白夜驚慌失措地用手梳理頭髮，遮住臉部。

「那、那麼，由我跟各位說明。」

他跟黑緒共事了六年以上，一直以來都是由白夜負責說明。不習慣受到矚目的白夜最排斥的就是這個說明時間，不管經歷了多少次，講第一句話時他還是會破音。

這個也由小黑說明不就好了。白夜胸懷恨意，黑緒卻注視著前方，不肯看他。白夜無奈地垂下肩膀，做了個深呼吸後開始述說：

「那、那個……所謂的傀裡，是將脫離身體的靈魂拉回去的行為。首先，把聖水灑在身體上，除去周圍的雜質。然後像作繭一樣用手拉扯連接身體與靈魂的線，讓靈魂回到身體。不過，由於對象已經去世了，光這樣還無法行動。必須利用生者的生命力。這次會暫時將亞美小姐的生命力與真珠小姐連接，讓她能夠行動。」

「生命力？剛才那個叫惠實里子的女孩，不是說她讓真珠動了嗎？感覺不像要用到那種東西。」

優香好奇地問。白夜被興致勃勃的優香嚇到，講出第一個字時都結巴了。

「惠、惠實里子小姐大概是暫時將自己的生命力分給真珠小姐，讓她動起來。但她沒有相關知識，所以沒能把靈魂固定住。拜其所賜，傀裡才解除了。如果惠實里子小姐的生命力繼續跟真珠小姐連接在一起，不曉得會減少多少壽命……」

「咦。」優香懷疑地驚呼出聲。「壽命會減少嗎？」

「生命力不是無限的。一旦耗盡就會死。簡單地說，生命力等同於壽命。」

「討厭，好恐怖。」

優香摩擦手臂。接著輪到義純舉手提問。

「那個像香爐的東西是什麼？」

「這叫返魂香。藉由焚香讓靈魂發現自己在被呼喚。靈魂會在不知不覺間跟著煙回來，所以能更早完成傀裡。沒有這些也能舉行儀式，可是為了加快儀式速度，同時減輕靈魂和傀裡師的負擔，最好要使用道具。」

「原來還會失敗嗎？」

「因人而異吧。傀裡不是只要拉線即可。拉得太用力的話線會斷掉。有時怎麼拉線靈魂都不回來，還會發生連接身體與靈魂的線隨著時間經過消失的情況。沒有線就無法傀裡。」

「這次呢？那個，難度高嗎？」

白夜瞥了黑緒一眼，然後望向真珠回答「不用擔心」。義純面帶敬佩地點頭。白夜接著說明：

「那個，想請各位注意的是，傀裡只是把死去的靈魂喚回。『復活』聽起來很好聽，可是死者並不會恢復成死前的狀態。使用肉體，與靈魂通訊……簡單地說，或許可以想成在跟死者講電話。」

「什麼意思？」亞美皺起眉頭。「她不是會動嗎？」

「會的。不過，這具身體只是用來接收從靈魂發出的訊號的機器。也就是會動的收信機。不是常聽說用公共電話打某個號碼，可以跟死者講電話的怪談嗎？就是那種感覺。」

黑緒在白夜開口前回答。她的說法相當冰冷，把遺體當成物品。聽了雖然不太舒服，黑緒會刻意將遺體當成物品，避免遺族把會動的死者當成活人。然而，這對於失去女兒的亞美並不管用。女兒被當成物品看待，使亞美勃然大怒。

「別這樣！請妳不要把她當成物品。」

「不是把她當成物品，她就是『物品』。請不要把他們當成人類。」

黑緒銳利的目光射向在場的所有人。場面瞬間安靜，只聽得見有人吞嚥唾液的聲音。

「各位，請聽好。麻煩不要誤會。死去的人類不會復活。這僅僅是道別用的儀式。千萬不要以為能繼續跟對方一起生活。」

這句話聽在每日以淚洗面的亞美耳裡，想必十分難受。好幾次都因為這句話，反過來被委託人怨恨。或許是因為這樣吧，黑緒總是自己扮黑臉，保護白夜。一直以來都是如此。總是被她保護。白夜羨慕黑緒的勇敢，同時也忍不住嫉妒她乾脆的態度。

黑緒在看白夜。白夜察覺到她的視線，有種想法被她看穿的感覺，反射性別過頭，好不容易擠出下一句話。

「這、這次要喚回遭到殺害的人。所以，靈魂回到肉體的瞬間可能會失去控制。到時我們會立刻中斷儀式，敬請見諒。」

「對喔，你們剛才提過。那是什麼意思？」

大和豎起食指在空中繞圈，提出疑惑。白夜回答：

「被殺死的靈魂，大多是懷著恨意去世的。講得淺顯易懂一點，有時還會變成惡靈。這種情況下，靈魂回到身體的時候不知道會做什麼。但我們在靈魂回到身體之前，都無法得知對象的靈魂處於什麼樣的狀態。」

「你們是靈媒師之類的職業吧。那不是能看見幽靈嗎？」

優香納悶地盯著白夜。

「很、很多人會這樣覺得，不過傀裡師只能看見連接靈魂與身體的線，以及靈魂的形狀，看不見人類外型的靈體。呃，打個比方……就像釣水球。」

「會在祭典攤販看見的那個？」

「是的。線是橡皮筋，靈魂是水球。看起來是那種感覺。跟不打破水球，就不會知道裝在裡面的是水還是危險物品一樣。傀裡師無法跟靈魂說話或看見靈體，無法在事前得知那個靈魂有多危險。」

「不怎麼好用呢。」

優香不屑地哼了聲，彷彿在說他們派不上用場。白夜也有自尊心。被人這樣想，他並不高興。白夜偷偷看了黑緒一眼，稍微挺起胸膛。

「那個，偶爾會有看得見靈體的傀儡師。還有能跟靈魂說話的……」

「是喔？感覺什麼都辦得到耶。可以做很多事。誰有那個能力？她行嗎？」

優香對黑緒投以期待的目光。黑緒兩手一攤，聳聳肩膀。

「以前可以，現在辦不到。」

不該多說廢話的——白夜慌了。黑緒說不定會在意自己失去了那個能力，他卻為了守護自己渺小的自尊心，說了那種話，白夜感到後悔。不過，黑緒似乎沒有放在心上，接在白夜後面說明：

「總而言之，去世時的感情會強烈地留在死者心中。所以喚回靈魂時，死亡當下的情緒爆發，因而失去控制的案例其實並不少。」

「那不是很危險嗎？不會連我們都有危險吧。」

不只優香，亞美以外的人通通面露不安。話雖如此，沒有人離開房間。為了讓他們放心，黑緒堅定地說：

「式鬼就是為此存在的。」

優香他們望向白夜和放著真珠的棺材，稍微鬆了口氣。八成是覺得十二歲的少女和白夜，有著明顯的力量差距。

「放心吧，她可是真珠，怎麼可能會失控。那孩子是個好孩子。因為再怎麼說，她都是我的孩子。」

亞美瞪著優香說道。優香嗤之以鼻。女人之間的鬥爭靜靜揭開序幕。大和只是尷尬地低著頭，沒有阻止也沒有安撫兩人。

明明對亞美抬不起頭，虧他有膽子帶前女友優香過來。而且還是要跟女兒道別的時候。白夜冷冷看著大和。

「儀式開始後，希望不要有人中途離席，所以若有人害怕，麻煩現在就離開房間。」

黑緒這麼說，卻沒人要離開。

好像可以直接開始了。白夜發現黑緒在對他使眼色，轉身面向棺材。他把手放在棺蓋上，準備打開。

「還是……不要吧。」

低沉的聲音，於鴉雀無聲的室內響起。

白夜回過頭，眾人的視線集中在武藏身上。看來是武藏說的。武藏盯著地板，身體在顫抖。

白夜不知所措地看著黑緒。黑緒和他四目相交，聳了下肩膀。

「你是怎樣?你有什麼資格講這種話。」

亞美尖聲大叫。武藏有點嚇得退縮，但他並未放棄，再度提出同樣的意見。

「不要這麼做比較好。最好讓她安息。硬把真珠叫起來，太可憐了。」

「你懂什麼。」亞美的眉毛高高豎起。「我知道了!真珠復活你會很頭痛對吧。因為真珠看見了犯人的臉。你害怕真珠說出你的名字。」

亞美嘲笑道。武藏狠狠瞪向亞美。亞美的嘴巴閉上了一瞬間，又立刻張開。她的聲音刺耳得如同聒噪的九官鳥。

「你果然就是犯人。多麼狠心的人啊！真珠還只是個孩子。她的未來才正要開始。你要怎麼賠罪？為什麼要對真珠下手？為什麼殺了真珠？等儀式結束，我絕對要把你送去警察局。」

亞美哼了聲，面向黑緒叫她快點開始，甩手催促她。

武藏吶喊著「住手」，走上前企圖阻止白夜他們，前方的義純卻張開雙臂，不讓他通過。大和跑過去安撫武藏。

「好了，快一點。否則犯人會逃掉。」

亞美瞪著被義純和大和制住的武藏，催促兩人。白夜不知道該如何是好，偷偷觀察黑緒的反應。

黑緒看看武藏，再看看亞美，恭敬地一鞠躬。

「明白了。那麼，先打開棺材吧。」

白夜明白她要進行儀式，打開棺材的蓋子。然而，裡面躺著的卻不是可愛如人偶的真珠。

取而代之的是眼睛的位置變成空洞，肌膚被血玷汙，被撬開的嘴巴裡沒有該有的舌頭，露出喉嚨深處的深淵。**異常的模樣**。

生前想必纖細優雅的手指，十根都消失了。不只肌膚，棺材的側面和壽衣也沾上斑斑點點，跟乾掉的顏料一樣的紅色液體。

躺在棺材中的真珠——外觀與「連續遺體破壞事件」的被害者極其相似。

「怎麼會！」

亞美放聲哀號。聲音中斷，她在兩人身後昏倒了。多虧有大和撐著，頭部沒有撞到地上，可是不管大和再怎麼呼喚，她都沒有要醒來的跡象。旁邊的義純也在呼喚亞美的名字，努力叫醒她。

武藏目瞪口呆；枝奈子摀住臉低下頭，以免看見棺材；佳彌抱緊惠實里子，不讓她看見；大彌用手遮住紅玉的眼睛；優香臉色蒼白；吉永嚇得僵在原地。

「啊哈哈……太慘了。」

黑緒喃喃說道。她依然面帶笑容，表情看起來卻有幾分憂傷。

第二章　她為何遭到殺害？

1

明明是深夜時分，報警後才過了十分鐘左右，警察就抵達周防家。

警察勘察現場的期間，白夜他們在食堂等候，隨著時間經過，食堂成了氣氛凝重的空間。

大和安慰著哭個不停的亞美，武藏煩躁地瞪著那邊。

紅玉把頭靠在大彌的肩膀上，大彌神情疲憊地撫摸她的頭。

義純將枝奈子叫到自己旁邊的座位，握住她的手，枝奈子卻動都不動，始終盯著桌上。

佳彌雖然在關心睡在旁邊的惠實里子，目光卻飄忽不定，一副坐立不安的樣子。

警察來了似乎讓優香很興奮，她兩眼發光，看著食堂的門。

吉永只是靜靜坐在房間角落的椅子上。

傀裡中止了。真珠沒了眼睛，舌頭和手指被切斷。在這個狀態下傀裡也沒意義。她看不見自己的父母、兄妹、朋友，沒辦法說話，手指也動不了。

遺體遭到破壞的話，傀裡師會頓時變得無用武之地。若能看見靈體，為他們傳達訊息，肯定能幫上什麼忙——白夜怨恨自身的無力，但他是只能按照黑緒的意思行動的木偶，這麼做一定沒有意義。他擅自下達結論，陷入消沉。

敲門聲傳來，裡面的人還沒回應，門就打開了。是一名中年男子及年輕男子，中年男子一走進來就看見白夜他們，擺出一張臭臉，彷彿看見路邊的動物屍體。

「是協會的人啊。」

「好了啦。」

中年男子大聲咋舌，年輕男子在旁邊安撫他。

又矮又胖的中年男子名為藥袋，身高比白夜高的魁梧年輕男子則叫八月朔日。

黑緒和白夜都認識他們倆。大多是在案發現場見面。不曉得是因為這樣，還是他討厭福音協會，藥袋不太喜歡他們。

藥袋是感覺會生在昭和時代的死腦筋，八月朔日雖然長得很嚴肅，個性卻相當隨和。是個從身高到性格通通成對比的警察二人組。

「您好。好久不見。」

跟畏畏縮縮的白夜不同，黑緒笑著向他問好。藥袋的臉更臭了，表示拒絕。黑緒應該也知道那友善的態度會造成反效果，卻從未改變態度。

「跟你們扯上關係從來不會有好事。」

「討厭啦，藥袋先生。您說這是我們害的?別說笑了。就算我們沒有參與其中，連續遺體破壞事件還是會發生呀。是從什麼時候開始的?哎呀，犯人不曉得在哪裡。您說是吧?」

這番話是在暗指「還沒抓到犯人嗎」。藥袋聽出她的言外之意，太陽穴浮現青筋。

「靠死人賺錢，虧妳有臉講這種話。帶著一個**假人**噁心死了。」

藥袋瞪向白夜。白夜急忙移開視線，氣得雙手在大腿前面握拳，黑緒看了則愉悅地笑出聲。

「能得到您的稱讚，我深感榮幸。不過，我們並沒有做壞事。我們是為了幫突然失去家人的遺族排解憂傷而行動。應該比抓不到犯人的警察更有用吧。」

「妳說什麼?」

「好了啦。」

藥袋踏出一步，八月朔日再次安撫他，站到兩人之間。藥袋明白自己贏不了壯碩的八月朔日，沒有衝上前，而是以低吼替代。

「八朔，少礙事!」

「藥袋先生，有這麼多人在看。警察不能使用暴力喔。」

八月朔日微微一笑。藥袋又嘖了一聲，整理好西裝的領子，把手插進口袋。

「不愧是八月朔日先生。謝謝您。幸好警察也跟協會一樣是兩人一組。要是他動粗，我可受不了。有人能在旁邊制住他，真令人放心。」

黑緒多餘的一句話，導致藥袋的怒火又被點燃，瞪向黑緒，然而看到黑緒滿不在乎的態度，藥袋意識到說什麼都沒用，吐了口氣環視食堂的眾人。

「我是搜查一課的藥袋。關於真珠小姐的遺體破壞事件，我們查出了凶器是剪刀。從遺體是被一刀剪斷來看，犯人使用的疑似不是一般的剪刀，而是園藝剪或萬用剪等能切斷硬物的特殊工具。請問府上有那種工具嗎？」

「我想是沒有。對吧？吉永小姐。」

大和回答，向吉永徵求同意。吉永嚇得繃緊身子，點了下頭。

「是、是的。這棟房子裡只有料理剪刀和一般剪刀。」

「這樣啊。為求保險起見，等等可以讓我看一下那兩把剪刀嗎？」

「好的。」

藥袋摸著剃得乾乾淨淨的光頭，提出下一個問題。

「那麼請問先生，什麼時候發現遺體遭到破壞的？」

「凌晨一點四十分過後。大家移動到撞球室舉行儀式。在那個時候發現的。」

大和剛講完話就用力按住喉嚨乾嘔，大概是想起真珠受損的遺體。

「在那之前，遺體的狀態如何？」

「九十九小姐他們在凌晨十二點抵達，大家在會客室聊了幾句後，一起移動到撞球室看真珠。當時沒有任何變化。差不多在凌晨十二點半，我們來到食堂，過了二十分鐘，凌晨十二點五十分左右，我帶九十九小姐和一先生參觀這棟房子。那個時候，我們又看了一次撞球室，沒有什麼異狀……對不對？」

大和詢問黑緒的意見，看到黑緒點頭後繼續說道：

「參觀完房子，我們又回到食堂，過了一會兒便移動到撞球室。我想想，回到食堂大約是在移動到撞球室的十分鐘前，所以是凌晨一點半吧。」

「這段期間有沒有聽見可疑的聲音？」

「帶他們參觀房子的時候沒有聽見。至於食堂——」

大和環視當時待在食堂的人。義純微微歪頭。

「姊夫他們出去後，其他人一直待在食堂，什麼都沒聽見。對吧？枝奈子。」

枝奈子輕輕點頭，優香接著說：

「對呀。不過途中因為有人吵架的關係，可能是不小心沒聽見。」

「吵架？」藥袋輕敲頭頂。「請問是誰在吵架？」

「我和他。」

義純提心吊膽地舉起手，有如料到自己會被罵的小孩，然後用那隻手指向武藏。武藏眉頭緊皺，一臉無法接受的樣子。

「理由是？」

「那個人就是殺死真珠的犯人！」

亞美大叫道。她非常激動。藥袋瞇眼看著武藏。武藏左右張望，低下頭逃避藥袋的視線。

「不、不是我……」

「騙人！警察先生，快點抓住他！把真珠弄成那樣的一定也是這個人。因為他想阻止儀式。他有事不想讓真珠說出來。否則何必阻止。」

「如果是我把遺體破壞成那樣，我才不會阻止。我只是覺得真珠已經走了，不能接受強行叫醒她。」

「因為你覺得光用講的阻止不了儀式。你就老實招了吧。」

亞美的嘴巴張大得連喉結都看得見。藥袋似乎察覺到亞美說的只是單純的推測，溫柔地安撫她。

「太太，您先冷靜點。」

「真珠都變成那樣了，我哪可能冷靜得下來！警察到底在做什麼。真珠被殺都過了十天，犯人卻還沒落網不是嗎？你們真的有在搜查？她明明應該要復活的……不只一次，那孩子可是『二度遭到殺害』了啊！」

藥袋尷尬地縮起脖子。從他的反應可以看出，搜查毫無進展。不過，「二度遭到殺害」嗎。白夜覺得這個形容挺恰當的，心生佩服。

「非常抱歉，我們太不爭氣了。警方也會拿出全力，盡快逮捕犯人，請您耐心等候。」

「到底要等到什麼時候？明明就快見到那孩子了……為什麼會變成這樣？我只是想再見那孩子一面而已。」

亞美趴到桌上。大和將手放在她肩上安慰她，亞美卻一把拍掉他的手。大和哀傷地看著不知道要放在哪裡的手。

義純舉手表示想要發言。藥袋說：「請說。」

「那個，這是那個對吧？從很久以前開始動不動就會發生的連續遺體破壞事件……為什麼會盯上真珠？」

周圍一陣騷動。三年前的犯罪聲明發表後，政府開始封鎖情報，每次都會上新聞的連續遺體破壞事件，如今幾乎沒人會去報導，但似乎還是有人記得。

「這起案件不常上新聞，您竟然還知道。」

「因為我記憶力很好。當時犯罪聲明在網路上流傳，掀起一陣話題。我印象挺深刻的，所以到現在還記得。畢竟犯人做的事很特別。竟然去破壞遺體，莫名其妙。如果是因為自己是犯人，想把遺體藏起來也就算了，偏偏不是那樣。」

「聽你這樣說，我也想起來了，我印象超深刻的。犯人腦袋真的有病。記得他是為了摧毀某個協會才做的？」

看來優香也記得。她用食指使勁戳著頭部，試圖刺激大腦，想起詳細內容。不過，她馬上就放棄了，或許是想不起來更多資訊。下一個有反應的人，是亞美。

「某個協會……難道，是福音協會？」

亞美望向兩人。白夜尷尬地繃緊身體。黑緒一點反應都沒有。藥袋瞥了黑緒一眼，代替他們回答：

「這件事不太方便公開，不過各位既然是當事人，我還是說明一下吧。連續遺體破壞事件的犯人，是通稱『刻耳柏洛斯』的組織，視福音協會為敵。為了不讓福音協會進行傀裡，他們會看到遺體就破壞，也不管到底有沒有人委託傀裡。」

都是你們害的——這樣的視線從各處落在兩人身上。亞美的嘴巴一開一合，將上半身靠到桌子上，靠近黑緒。

「那，那孩子變成那樣，也是你們害的嗎？」

不能斷定是刻耳柏洛斯做的。可是，刻耳柏洛斯視福音協會為敵是事實。該怎麼回答？白夜等待黑緒做出反應，黑緒卻一語不發。

亞美似乎將這個反應視為肯定，從椅子上站起來，走向黑緒。她緊握雙拳，彷彿要將黑緒大卸八塊。

「真珠為什麼被挑中？因為有人委託傀裡嗎？」

義純感受到姊姊的懊悔，開口詢問。藥袋回答：

「或許吧。前提是**犯人是刻耳柏洛斯**。」

這句話別有深意。殺氣騰騰地逼近黑緒的亞美，表情轉為錯愕。她目瞪口呆地問：

「前提是犯人是刻耳柏洛斯，是什麼意思？聽你這樣說，意思是犯人是其他人嗎？」

「不能排除犯人另有其人的可能性。例如模仿犯，或者對真珠小姐抱持恨意的人。警察也有考慮這個可能。」

「那是在懷疑我們囉？」

義純不悅地回問。藥袋沒有表現出害怕的樣子，冷靜回答「是的」，周圍一陣騷動。

「怎麼這樣，我們可是被害者。」

大和激動地抗議，藥袋用一句「只是形式上要懷疑一下啦」敷衍他。

白夜偷偷望向黑緒。她依舊面帶笑容，不知道在想什麼。

「所以，方便跟各位問個話和檢查隨身物品嗎？」

「我也包含在內嗎？」

優香焦躁地抱著胳膊靠在椅背上。佳彌毫不顧慮惠實里子睡在旁邊，接著大吼：

「太過分了！我們只是來跟真珠道別的。」

「唉唷，別這麼說。如果什麼都沒查到，很快就會結束的。」

藥袋抬起雙手上下擺動，以緩和氣氛。

「好啊。要查就查。這樣真相就能水落石出。」

這句話出自亞美口中。他剛才還那麼怨恨黑緒，現在卻看著武藏。或許是因為比起無差別犯罪，認識的人是犯人比較容易抒發恨意。

亞美得意洋洋。八成是認為只要徹底調查屋內，就能找到什麼。武藏雖然一瞬間露出不甘願的表情，他大概是覺得都被人家講成這樣了，拒絕反而會被懷疑，便乾脆地同意。

「我的房間也可以調查。可是，麻煩不要弄亂。」

他瞪向藥袋。藥袋回答「我明白了」，打開門，叫來待在附近的其他警察，不只武藏，房間位於二樓的大和、亞美、吉永三人也被他帶去二樓。兒童房會由大和帶路，因此大彌和紅玉在食堂等待。

武藏都同意了，其他人也不得不同意。沒去二樓的人也決定按照順序讓警方檢查隨身物品。白夜他們當然也一樣。

站比較前面的佳彌第一個被叫去其他房間。佳彌看著靠在自己身上睡覺的惠實里子，在猶豫要不要去。這時，義純對她說：

「特地叫醒她太可憐了。惠實里子晚點再接受偵訊吧？現在先由我顧著她。」

佳彌的視線在惠實里子跟義純之間來回移動，接著環視四周，猶豫是否能把女兒交給這個男人。

現場有其他人，也有警察。而且義純的妻子枝奈子就在旁邊。佳彌似乎判斷他應該不會做奇怪的事，決定交給義純。

「那我走了。」她調整好姿勢後才站起身，以免惠實里子倒下來，在走出食堂前又看了惠實里子一眼，放心地離開。

義純目送佳彌離開，坐到佳彌的位子上，對睡在旁邊的惠實里子投以溫柔的微笑。白夜心想，這樣一看他們還真像父女。

「對了，我發現了。」

黑緒突然開口。她對於這起事件有什麼頭緒嗎？白夜很緊張。

「咦、咦？發現什麼？」

「藥袋先生現在好像有女朋友。」

「不、不會吧。」白夜望向食堂的門。

「他的領帶上別著領帶夾。那個藥袋先生喔。只把領帶當成擦汗工具的人，別著挺時尚的領帶夾耶。」

容易出汗的藥袋不是用手帕，而是用領帶擦拭頭皮的汗水。聽說是因為領帶戴在外面，很快就會乾。

「啊……的確。有用領帶夾的話很難擦汗。」

「對吧。但他們肯定在吵架。」

「為什麼這麼覺得？」

「他今天很焦慮，比平常更愛找我們碴。還有，他一直把手放在口袋裡，好像很在意手機。」

藥袋平常不是雙臂環胸，就是手叉在腰上，不會把手放進口袋。白夜想起藥袋走進食堂後，馬上就把手伸進口袋。

「哎呀，沒想到藥袋先生也會談戀愛。啊哈哈。可是真麻煩。他心情不好嗎。等等做筆錄的時候感覺會很難纏。」

她的語氣明明在嫌麻煩，表情卻有點樂在其中，白夜心想「又來了」，嘆了口氣。黑緒喜歡調侃討厭他們的人。她之前說過藥袋特別好玩，因為他反應很大。現在找到可以鬧他的材料，她才會那麼開心。

「不要找警察吵架啦。他們是國家公務員，我們只是個小市民。」

「我們？」

黑緒露出諷刺的笑容。白夜閉上嘴巴低下頭。

對話中斷的瞬間，白夜聽見尖叫聲。他望向聲音的來源，是惠實里子。惠實里子正在左顧右盼，尋找母親。醒來時母親不在身邊，她似乎陷入了恐慌狀態。

旁邊的義純驚慌失措，把手放在惠實里子肩上，溫柔地對她說：

「別擔心。媽媽很快就回來了。」

惠實里子依然沒有停止尋找母親。她像要逃跑似的身體後仰，試圖遠離義純。

義純一臉傷腦筋的樣子，走到惠實里子面前看著她的眼睛，把手放在她的雙肩上，堅定地告訴她：「沒事的。」

惠實里子緊張了一下，從椅子上離開的臀部又坐了回去。她恢復鎮定，安靜下來。義純見狀，放心地坐回她旁邊。

過了十五分鐘左右，佳彌回來了。惠實里子看到母親，馬上衝了過去。佳彌露出柔和的表情，撫摸惠實里子的頭。

「不好意思，南方先生。謝謝你。」

「不會不會。惠實里子醒來的時候有大聲尖叫，害我很傷腦筋就是了。她因為找不到媽媽，很不安的樣子。」

義純害臊地敲了下額頭。佳彌掩住嘴角靜靜笑著，再次道謝。

下一個被叫走的是義純。義純用眼神叫枝奈子不必擔心，走出食堂。剩下自己一人的枝奈子頭低得比剛才更低。她散發出不安的氛圍，唯有背脊挺得直直的，看起來倒有幾分帥氣。

尚未接受偵訊的是白夜、黑緒、枝奈子三人。加上小孩共有六人。白夜認為他們兩個肯定會最後一個被叫去。

畢竟藥袋討厭他們。藥袋沒有能幹到可以在跟討厭的人打交道後，還有辦法維持平常心偵訊其他人。白夜知道他會把討厭的事留到之後再處理。他判斷自己應該還要再過一下才會被叫去，緩緩閉上眼睛。

2

睜開眼睛時，眼前是兩張面色凝重的臉孔。藥袋和八月朔日。白夜嚇得從椅子上摔下來。他好像在無意識間被人抬走了。這裡是會客室。

「啊哈哈。沒事吧？」

黑緒把手肘撐在桌上，托著下巴笑道。白夜害羞得立刻站起來，坐回椅子上。

「你們真的是在凌晨十二點來到這裡的嗎？」

藥袋馬上提問，語帶懷疑。坐在旁邊的八月朔日看到藥袋毫不掩飾對兩人的厭惡，無奈地聳肩。

「是真的。我們按照委託的時間抵達現場。從協會開車到這裡大概要兩小時。只要去跟協會確認，就能知道我們是在十點左右出門的。」

黑緒回答。聽見要跟協會確認，藥袋的臉垮了下來。討厭福音協會的藥袋怎麼可能去找協會問話。黑緒明知如此還故意這麼說。白夜也跟八月朔日一樣，無奈地聳肩。

「之後你們做了什麼事？」

「跟大和先生說的一樣。來到這裡後，我們在會客室跟大家聊天，接著移動到撞球室，看過真珠小姐後前往食堂。凌晨十二點五十分左右，大和先生帶我們參觀屋內，回到食堂時有人在吵架。我們也很緊張。」

黑緒將雙手舉到臉旁邊，左右擺動，語氣聽起來一點都不緊張。這個動作讓她顯得很可愛。八月朔日笑咪咪的，彷彿在為偶像聲援，藥袋卻面露嫌惡，彷彿看到一個變態。黑緒好像很滿意藥袋的反應，笑著繼續說道：

「吵架的人是亞美小姐、義純先生對武藏先生。大和先生沒有幫任何一方，不知所措的。吵到一半，大彌先生和紅玉小姐離開食堂。我們兩個考慮到他們的感受，追上去安慰他們。兄妹倆坐在食堂前面的樓梯，所以我們也坐到旁邊聊了一下。」

考慮到大彌他們的感受，跑去安慰他們——藥袋用力哼了聲，大概是被這句話惹到。

「沒有單獨行動的時候嗎？」

「沒有。我和他一直都跟其他人待在一起。」

藥袋看著黑緒，視線由下往上移動。紅唇大眼，面帶微笑的黑緒，在藥袋眼中似乎只是噁心的生物，他皺起鼻頭，瞇細雙眼，盡量避免看得太清楚。

「以假人的力氣，能夠輕易挖出屍體的眼睛，拔掉舌頭跟手指吧。」

「是可以，不過犯人有使用凶器對吧？記得是剪刀？既然如此，人類也能做到。」

挖苦的言詞不管用，導致藥袋的臉更臭了。黑緒像在唱歌般高興地詢問：

「所以，有找到疑似凶器的東西嗎？」

藥袋雙臂環胸，別過頭，沒有要回答的意思。八月代替他回答。

「沒有。我們從在場成員的包包到衣服口袋都搜過了，還是沒找到。不只凶器，遺體的一部分也是。我是覺得應該藏在家裡的某處啦。事件發生到我們抵達的這段時間，有人離開食堂嗎？」

藥袋瞪了隨便透漏搜查情報的八月朔日一眼。八月朔日維持上半身前傾的姿勢看著黑緒，所以沒有發現。

「沒有半個人離開食堂。只有你們抵達的時候，吉永小姐和我們有去門口迎接。吉永小姐沒有可疑的舉動。以此為前提思考，頂多只剩撞球室或食堂可以拿來藏吧。」

「噢，果然。但我們怎麼找都找不到的說。」

八月朔日將用髮蠟塑型的頭髮由前往後梳。

「我剛剛就覺得奇怪了，聽您這樣說，凶器和其中一部分遺體好像就在這棟房子的某處。兩位是不是覺得比起刻耳柏洛斯，內部人士比較有可能是犯人？」

黑緒彎下腰，靠近八月朔日的臉。八月朔日挑起眉毛，睜大眼睛，笑著兩手一拍。

「啊，看得出來？哎唷，因為犯案手法跟以往的連續遺體破壞事件不太一樣。」

「讓我猜猜看是哪裡不同。」

黑緒將戴著手套的左手舉到臉旁邊，從小指開始，用右手的食指依序撫摸左手的五根手指。

「連手指都沒了。」

藥袋瞇起眼睛，露出想要咋舌的表情。八月朔日則與他形成對比，帶著燦爛的笑容指向黑緒。

「答對了！妳猜的沒錯。平常的連續遺體破壞事件，只會對眼睛和舌頭下手，這次卻連手指都切掉了。」

八月朔日看著自己粗糙的手指，手掌一開一合。藥袋一副不以為意的態度。

「犯人嫌只拿走眼睛和舌頭不夠吧。」

「不不不，怎麼可能。藥袋先生也知道的吧。他們的目的是不讓死者復活。只拿走眼睛和舌頭的行為，對他們來說是祈禱死者安息的儀式。除此之外的行為毫無意義。莫名損壞遺體，無異於褻瀆死者。他們應該不會允許這種行為。他們最大的心願就是死者能夠安息。畢竟那些人可是自稱冥府的看門狗『刻耳柏洛斯』呢。」

黑緒信心十足地說。藥袋奸笑著詢問：

「根據妳的推理，犯人就在你們之中。那妳說說看誰是犯人啊？既然妳那麼有自信，總該知道答案吧。」

「這個嘛……是誰呢。」

黑緒歪過頭。藥袋不屑地笑了，用手掌拍桌。白夜被那個聲音嚇得肩膀一顫。

「結果妳也不知道，還在那邊大放厥詞。所以說外行人就是這樣。」

任誰來看都是在遷怒。除了發生遺體破壞事件外，他和女朋友吵架肯定也是原因之一。更重要的是，事件發生在藥袋討厭的黑緒在場時，真是最壞的時機。

白夜開始心神不寧。有股不祥的預感。他祈禱筆錄能快點做完，黑緒卻再次說出會觸怒藥袋的話。

「對呀。我終究是外行人。所以調查這個是警察的工作吧。」

「妳說什麼！」

「好了啦。」

藥袋氣得連頭頂都漲紅了，怒吼著站起來。八月朔日按住他的肩膀安撫他。

「雖然不知道犯人是誰，真珠小姐的遺體遭到破壞的理由，我倒是有頭緒。」

「理由是？」

藥袋刻意詢問黑緒，臉上不帶疑惑的情緒。藥袋心中似乎已經有答案了。他之所以明知故問，是想測試她吧。

「有人不希望真珠小姐復活。對吧？藥袋先生。」

這句話等於是在說，破壞屍體的即為殺死真珠的犯人。真珠是從正面被勒死的，有看見犯人的相貌。一旦她復活，想必會將真相攤開在陽光下。所以犯人**殺掉了屍體**，以封住她的嘴巴。

藥袋大聲咋舌。儘管他什麼都沒說，這個態度等於是在宣布她答對了。

然而，家裡沒找到凶器，也沒找到缺少的遺體部位，是否代表犯人可能是刻耳柏洛斯以外的外人？從外面進來的犯人破壞了真珠的遺體，神不知鬼不覺地逃到屋外。不是不可能。白夜偷偷推理著。

「大門有鎖。除了吉永小姐、武藏先生、大和夫婦的寢室，所有的房間我們都參觀過了，窗戶也有上鎖。若是外人所為，代表犯人是從那三個房間的其中之一潛入。三間房間都有上鎖嗎？」

黑緒問道，八月朔日一面環視屋內，一面回答：

「包含吉永、武藏、大和跟亞美的房間在內，所有的房間都有上鎖。」

「這樣呀。那從外面潛入果然有難度。我想確認一下，真珠小姐遇害時，遺體是在自己的房間被發現對吧。犯罪時間大概是在什麼時候？」

黑緒抱著胳膊，身體微微歪向左邊。白夜心想「果然」。不祥的預感命中了。遇到事件的時候，黑緒偶爾會像這樣試圖介入其中。但白夜無權阻止。這次肯定也必須奉陪到底。

他問過黑緒為何要這麼做，她回答「因為我看不順眼」。黑緒討厭擅自奪走他人性命的人。以前她明明沒有那種正義感。每次想到八成是自己害的，白夜就有種喘不過氣的感覺。

「為什麼我要告訴妳？」

「因為，搞不好與刻耳柏洛斯有關。那協會也得調查才行。畢竟那是跟福音協會有關的事件。」

發生與福音協會有關的事件時，協會也將進行調查。這件事連警方都只有一部分的人知道。藥袋他們並非相關人士，但兩人跟黑緒他們扯上了關係，所以必然會知情。自此之後，他們就有義務在發生與福音協會有關的事件時提供情報。藥袋連這都嫌麻煩，而這也是他討厭黑緒他們的理由之一。

「犯人很可能不是刻耳柏洛斯。妳剛剛不也這麼說過？」

「可是，沒辦法確定吧。『可能』不是刻耳柏洛斯。既然如此，協會也必須調查。因為身為協會的人，要確定犯人另有其人才能放心。」

太不講理了。黑緒一面推理屍體不是刻耳柏洛斯破壞的，而是殺死真珠的犯人所為，一面叫警方提供情報，因為說不定與刻耳柏洛斯有關。

「可是——」藥袋講到一半的話被黑緒打斷。

「如果您願意告訴我，搞不好會有什麼收獲喔。畢竟真珠小姐去世時的話題被拿出來講過好幾次。他們戒備警方沒有透漏的情報，或許有不小心對我們說溜嘴過。」

「哈。這點小事最好是能查出什麼。沒必要拜託你們。如果發現跟刻耳柏洛斯有關，我會告訴你們。明明只會操縱屍體，少在這邊礙手礙腳。」

黑緒看起來並沒有把藥袋這句話放在心上，白夜卻有種被說中的感覺。彷彿一顆沉重的石頭壓在背上。

「有什麼關係？九十九小姐說的有道理。」

這句話出自八月朔日口中。八月朔日和藥袋不同，欣賞黑緒的能力。他應該是那種有用的道具就要拿來用的類型，所以才會表示肯定。藥袋瞇起一隻眼，瞪向八月朔日。

「看，八月朔日先生也說可以。派得上用場的東西就要盡量用。抓著沒用的東西（尊嚴）不放，也沒辦法破案。」

黑緒用漆黑的雙眸看著藥袋。藥袋尷尬地移開視線，輕輕「唔」了聲。尊嚴

「查到什麼要立刻通知我。」

「收到，藥袋警官。」

黑緒做出敬禮的動作。藥袋再次大聲咋舌。

「屍體被發現的時候屍斑很淡，眼角膜也開始變混濁，推測死亡時間在下午四點半到五點之間。第一發現者是周防武藏。他跟真珠約好五點要陪她念書，過了五分鐘，真珠都還沒來武藏的房間，武藏便主動去真珠的房間找她。他敲了門卻沒回應，所以武藏開門想看看情況，發現脖子被勒住的真珠仰倒在床上。當時家裡只有武藏、大彌、紅玉、吉永四人。吉永在一樓廚房煮晚餐，其他三個人分別待在自己的房間，武藏說他在工作，大彌和紅玉說他們在房間看動畫。房間就在真珠的房間旁邊的大彌和紅玉，似乎並未察覺異狀。父親大和在公司的辦公室裡工作，母親亞美在隔壁三棟的朋友家喝茶。順帶一提，家門有鎖上，沒有被人強行侵入的痕跡。我們推測是熟人所為。」

「亞美小姐在外面喝茶啊。隔壁三棟還滿近的。」

「用跑的十分鐘就能往返案發現場。下午四點半左右，亞美說要去講電話，在朋友面前消失了十分鐘。她的朋友表示隔壁的房間雖然有傳來她的聲音，卻沒看到人。」

「哦。意思是亞美小姐也有可能犯案。」

白夜驚訝地望向黑緒。竟然懷疑那麼思念女兒，甚至來委託協會的母親，他無法理解。

「不能排除這個可能性。不過，其他人也做得到。我剛才說的人裡面，不在場證明無法推翻的只有大和一個。公司的防盜攝影機有錄到他上下班的樣子。如果有其他隱藏出口，倒是會被推翻。」

「除了住在這裡的人，其他人的不在場證明也問過了嗎？」

「今天有來的人都問過了。」

「包括優香小姐？」

「那當然，為什麼要提到優香？」

「因為她跟大和先生好像還有什麼關係。我在猜是不是外遇。她逼大和先生跟亞美小姐離婚，卻被他優柔寡斷的態度惹火，於是殺了最受寵的真珠小姐——簡潔明瞭的動機。」

今天在場的人之中，優香顯得最格格不入。她不認識真珠，又是大和的前女友，出現在這種場合太不自然了。而且，優香散發出一股跟大和藕斷絲連的感覺。真珠才剛去世，還表現出那個態度，挺惡劣的。

「如妳所說，宮島優香和大和是不倫戀，還是公司最重要的客戶，論動機或許比任何人都還要強烈。但優香當天在國外，不可能犯罪。」

「可惜。那義純先生和枝奈子小姐如何？」

「這兩個人當時好像也在家。義純在房間開視訊會議，證人有會議的出席者和枝奈子。枝奈子在下午四點五十分時收了宅配。距離近的話也是可以偷跑出去下手，但從他們家開車到這裡要二十分鐘。假設枝奈子在四點半殺死真珠後要回家，當時大彌他們在房間，應該沒辦法立刻逃出去。就算時機剛好，讓她成功逃出房間，這棟房子這麼大，走出家門最快也要五分鐘。這樣的話，回家總共要二十五分鐘，應該來不及收宅配。如果她半個人都沒撞見，或許有可能馬上離開。可是我們看了南方家的行車紀錄器，那個時間沒人開過車。紀錄當然也沒被竄改過。」

「那麼警察懷疑的就是亞美小姐、武藏先生、大彌先生、紅玉小姐、吉永小姐囉。」

「還有一個吧。」

把發言權讓給藥袋的八月朔日，將壯碩的身軀傾向前方，彷彿在表示這次輪到他說話了。被八月朔日搶話的藥袋，悶悶不樂地板起臉。

「啊，佳彌小姐嗎。」

「答對了。佳彌也跟優香一樣，是可能有動機的人。佳彌是亞美的主婦友，對亞美一家人抱持羨慕之情。剛開始她們當然是作為同年齡又有同性小孩的媽媽，維持一般的友誼關係，可是隨著時間經過，佳彌看到自己跟亞美之間的差距，心裡似乎急了。就算想設法跟亞美過著同樣的生活，單親媽媽的經濟狀況又不允許，愈努力生活就愈艱困。她逐漸開始嫉妒亞美——這是其他人說的。案發當時，佳彌身體不舒服，在家裡睡覺。沒有明確的不在場證明。她說她在跟女兒一起睡午覺，但佳彌家離這裡走路只要五分鐘。假如她趁女兒睡著的時候偷跑出來，應該可以輕易作案。」

白夜想起打扮得跟亞美一樣的佳彌。在這個家的時候，她做什麼都會觀察亞美的臉色。大概是憧憬漸漸轉為嫉妒，心裡積了許多不滿。

「噢，因為主婦友的世界很狹隘嘛。整個世界只侷限在那個範圍內，所以上下關係會明確地確立出來。招人反感就會被排除掉。為了避免這種情況發生，勉強自己配合其他人，不久後因為太勉強自己的關係轉為憎惡。我曾經傀裡過捲入這些糾紛，最後被殺掉的人。」

黑緒看著天花板，喃喃說道。

「憧憬過了頭會變成憎恨嗎。真恐怖。」八月朔日苦笑著點了兩次頭。

「這樣看來，佳彌是最可疑的。」

「確實如此。對了，殺害真珠小姐的凶器是什麼？」

「真珠的跳繩。所以沒辦法從購買紀錄揪出犯人。」

「哎呀。除此之外還驗不出指紋。大概是這樣吧。難怪調查會遇到瓶頸。」

「對啊。用來殺害真珠的跳繩上沒有指紋，真珠的房間裡也只有包含住在這裡的吉永、武藏在內的周防一家，以及義純、枝奈子、惠實里子這些驗到也不會不自然的人的指紋。如果門口至少有臺監視攝影機就好了，但這棟房子好像沒裝，哪裡都沒留下犯人的痕跡。」

八月朔日不耐地噘起嘴巴。

或許是因為有巨大的大門擋著，導致他們疏於防範。還是說是有自己的堅持，不想在優雅的洋館裝那種破壞氣氛的東西？

「這樣聽來，總覺得大家都好可疑。我愈來愈覺得這次的遺體破壞事件是熟人所為。為了避免別人發現自己是殺掉真珠小姐的凶手。」

「妳也這樣想對吧。所以我們特別加強調查他們的隨身物品，卻一無所獲。不只凶器，連遺體部位都沒找到。」

「假如遺體是被扯斷的，我就會猜是你們幹的。」

藥袋語帶諷刺。黑緒捧腹大笑。

「我們沒道理妨礙協會。因為我們是協會虔誠的信徒。」

黑緒眼中不帶笑意。空氣震動了一下。

「總而言之，情報都跟你們說了。別透漏給其他人啊。還有，我剛才也說過，查到什麼要立刻通知我。」

「明白。」

黑緒五指併攏放在額前，向他敬禮。

對話似乎到此結束了，藥袋甩手做出趕狗的動作。黑緒站起來走向門口。白夜也慢慢起身跟上。藥袋微弱的聲音傳入他耳中。

「死神。」

白夜假裝沒聽見，靜靜開門走出房間。

3

回到食堂，被帶去二樓的成員也回來了。

兩人剛坐到椅子上，食堂的門就再次打開。是藥袋他們。

「感謝各位的協助。我們會藉由各位提供的情報進行調查。」

藥袋微微點頭致意，亞美激動地站起來。她的椅子失去平衡，倒向後方。咚一聲巨響傳遍室內。

「什麼意思？逮捕呢？快逮捕這個人。」

亞美指向武藏。武藏瞇起眼睛，卻沒有回嘴，而是默默別過頭。亞美大概是被這個反應刺激到，音量變得更大了。

「你們不是找到了嗎？凶器或真珠身體的一部分。」

「太太，請您冷靜點。我們在各位的隨身物品和房間中，沒有找到任何東西。」

「怎麼可能。一定藏在某個地方。警察仔細搜過了嗎？就是因為這樣，警察才這麼沒用！」

亞美瞪向藥袋。講得非常難聽。可是不能怪亞美說出這種話。她想要有個對象能讓她發洩查不清楚真相的憤怒。只要沒抓到犯人，將內心的焦躁發洩在負責搜索犯人的人身上也是無可奈何。

「我們找過了，什麼都沒找到。之後還會繼續搜索，不過周防家之外的人可以先回去了。」

藥袋對亞美輕輕點頭致意，用足以傳到食堂角落的音量說：

「周防家之外的人請回。之後可能還會找各位問話。到時還請多加配合。」

白夜看向時鐘。不到凌晨四點。離第一班電車還有一些時間，但這跟開車來的兩人無關。

「那我們就回去了。」

黑緒說，藥袋抬起下巴，一副叫她快點滾蛋的態度。黑緒認為應該要回敬一番，刻意輕笑出聲，彷彿在嘲弄他。藥袋的憤怒完全反映在表情上，黑緒卻在這時轉頭面向亞美。

「這次因為這樣的原因導致儀式中斷，我們也很難過。希望真珠小姐至少能沒有痛苦地迎接新的人生。」

這識相的態度稍微澆熄亞美的怒火，她垂下眉梢，掩著嘴角流出源源不絕的淚水。

「事已至此，我是不是再也見不到真珠了……」

亞美無精打采地問。

「既然發生了事件，真珠小姐的身體應該會交給警方詳細調查。調查完畢後，要重新舉行儀式是有可能的，但她沒有眼睛、舌頭、手指。在這個狀態下無法溝通。看不見東西、說不了話，真珠小姐搞不好會覺得不安，陷入錯亂失去理智。即使如此，您還是想讓她復活嗎？」

亞美不甘地握緊拳頭。

只要用其他東西補足受損的部位，就看得見東西也能夠說話。不過，前提是要成為式鬼。這樣一來，為了道別而被喚醒的真珠，將會成為消耗品被協會利用。

就算這樣，亞美還是想讓真珠復活嗎？黑緒沒有說出口，大概是知道亞美的答案。她考慮到了淚流不止的亞美的心情。

「我、我……」

「亞美小姐，方法不只傀裡。雖然真珠小姐不會動，還有招魂這種讓巫女召喚靈魂附在自己身上，代替死者說話的方法。」

「不過，我無法判斷對方是不是冒牌貨。九十九小姐有認識值得信任的人嗎？」

「可惜沒有。巫女和靈媒師不喜歡我們。」

對他們來說，傀裡師是異質的存在，因此兩者之間不會有交流。傀裡師反而受到他們的厭惡。因為可以親眼看見效果的傀裡師比較受人信賴，必然會搶走生意，除此之外，也是因為他們排斥「讓靈魂回到死去的身體」這個行為本身。

「雖然無法問出犯人，若您只是想將自身的思念告訴真珠小姐，只要在心中祈禱，就能傳達出去。」

「是嗎？」

「是的。因此，請您祈禱真珠小姐能夠安息。然後好好珍惜現在還在世的大彌先生和紅玉小姐。」

聽見黑緒這句話，亞美瞄向大彌和紅玉。她「啊」了一聲，肩膀打顫。應該是事到如今才深刻體會到，自己眼裡始終只有真珠。她看見兩個孩子的臉，低聲道歉，嚎啕大哭。

旁邊的大和立刻抱緊亞美。黑緒將亞美交給大和照顧，接著望向佳彌。

「佳彌小姐，剛才我也說過，惠實里子小姐有傀裡的才能。請帶她去協會一趟。最好盡快。有時間的話可以今天就去。」

佳彌錯愕地「噢」了聲。白夜猜想她八成不會來。可是一旦被發現，就無法從福音協會手下逃離。白夜對惠實里子抱持深深的同情。

「好，那麼我們該告辭了。如果還有什麼事，請聯絡福音協會。」

黑緒結束傀裡時，總是會說那句話。等有人死了再見面吧。多麼不吉利的道別詞。

黑緒從容不迫地邁步而出。白夜像隻狗似的跟在黑緒後面，在離開房間的前一刻回頭瞥了眼。他看見形似珍珠的圓形物體飄在空中。

4

天空萬里無雲，冰冷的空氣逐漸開始帶有太陽熱度的早上六點多，白夜他們回到了福音協會。大清早的，路上的車不多，因此回程花費的時間比去程更少。

雖然得跟協會回報這次的任務，由於時間尚早，兩人便直接回到自己的房間，而不是先去協會本部的傀裡班班長室。

白夜他們的房間位於最上層。視野好歸好，宿舍裡卻只有樓梯，身體疲勞時儼然是一場酷刑。白夜感受著彷彿在被夏季的暑氣侵蝕的倦怠感，爬上樓梯，終於抵達兩人的房間。

「今天真不走運。我心情好差。」

黑緒一進房就這麼說，走向系統式衛浴。白夜看著黑緒的背影，獨自開始整理東西。過了一會兒，白夜收完東西時，黑緒離開浴室，默默直線走向沙發，癱倒在其上。

白夜癟嘴心想「真難看」，但他知道講了也沒用，便放著黑緒不管，走向自己那張放在房間深處的床。他換上疊好放在床上的睡衣，鑽進床鋪。

發生了好多事——他在腦中回想著。本來只是要進行傀裡後就回家，真沒想到會被捲入事件當中。

真珠到底是被誰殺害的？他不想去思考，卻在思考這個問題。平常他總是陪著黑緒插手這些事件，害他養成推理的習慣。

從黑緒和藥袋他們的對話推測，犯人比起刻耳柏洛斯，果然更有可能是今天在場的成員嗎？誰的嫌疑最大？

亞美為女兒的死難過成那樣，應該不會是她。大和好像在跟人搞外遇，但他看起來很疼亞美，照理說不會忍心殺死與亞美外貌相似的孩子。大彌跟紅玉年紀還那麼小，可以排除吧。想不到吉永殺真珠的必要性。義純很重視亞美，應該跟大和一樣不可能下得了手。枝奈子看起來是個弱女子，無法想像她殺人的模樣。佳彌有同年紀的小孩，不可能是她，惠實里子也是小孩，所以不用考慮。優香的動機最強，但她當時在國外，不可能犯案。

那麼，武藏呢？他不但沒有不在場證明，還有誘拐案的前科。不過若犯人真的是他，讓自己成為第一發現者，風險不會太高了嗎？既然如此，把武藏當成不知情的第一發現者比較自然。

白夜得出所有人都不可能犯案這個結論。這樣犯人會是透明人。他重新思考一遍，結果還是一樣。只會讓大腦更混亂。

反正小黑會負責解決。我本來就不擅長推理。

白夜放棄思考殺人事件，閉上眼睛。

響亮的鐘聲傳遍室內。被聲音嚇到的白夜跳起來左顧右盼，馬上恢復冷靜。只是早上七點的鐘響了。

這是住在最上層房間的特權。能親身感受宿舍上面的鐘聲。真是太棒了。這樣就不會睡過頭。可是很吵。

他躺進床鋪還不到一小時。不過每天七點起床已經養成習慣，白夜便起身下了床。做完簡單的體操，用熱水沖掉身上的髒汗後，換好衣服準備泡咖啡。

泡完咖啡再叫醒睡在床上的黑緒，拿咖啡給她喝。在她喝咖啡的期間幫忙換衣服，把脫下來的衣服扔進洗衣機。白夜將髒衣服整理在一起的期間，黑緒完全沒有要幫忙的意思，只顧著喝咖啡。

早上八點。整理好服裝儀容的兩人前去拜訪負責統率傀裡師的班長。白夜一站到班長面前就會畏畏縮縮，一個字都說不出來。原本就不擅言詞的他會變得更講不出話，跟裝飾品一樣。

他不喜歡跟班長交談。不如說，他不喜歡跟黑緒以外的人交談。所以他不太想去。可是他有義務回報，只得硬著頭皮跑這一趟。

「愉快的談話時間要開始囉。」黑緒每次都會這樣開玩笑。這句話總讓白夜心情沉重。

抵達班長室時，黑緒催促他敲門，白夜做了一次深呼吸，叩響房門。門後傳來「請進」的回應。她在啊。白夜感到失落。

他抬起垂下來的肩膀打開房門，跟黑緒在同樣的時機行了四十五度的鞠躬禮，踏入房間。

「久候多時了。」

傀裡班班長肆谷，以溫柔的語氣說道。

她是一名年齡不詳的女性。眼角下垂的眼睛給人一種穩重的印象，實際上卻非常嚴厲，是個對於妨礙自己的絆腳石，會毫不猶豫將其排除的冷血人類。千萬不能惹她生氣。

「是。」

白夜應了一聲，跟黑緒一起坐到肆谷所坐的沙發對面。桌上已經準備好黑緒和白夜的茶水，彷彿早已預料到他們會在這個時間來訪。

「情況如何？」

她只問了一句話，白夜就覺得背脊發涼。聽起來像在問他們有沒有失敗。白夜緊抿雙脣，沉默不語。黑緒代替他俐落地回答：

「由我向您報告。遺體遭到破壞，我判斷難以繼續進行傀裡，中止了儀式。我們在聯絡警方後接受偵訊，於早上四點過後離開周防家，六點回到宿舍。」

黑緒詳細說明當時的狀況及事情經過。肆谷興味盎然地詢問：

「遺體遭到破壞，意思是發生了連續遺體破壞事件嗎？」

肆谷說著「真討厭」，把手放在臉頰上。這個動作宛如在跟人閒聊的主婦，眼中卻看不見一絲笑意。不過，白夜無法推測其中蘊含著什麼樣的情緒。

「恐怕是模仿犯。如果是刻耳柏洛斯，犯人帶走的部位太多了。」

「太多？」

「他們會帶走眼睛和舌頭，不讓死者跟活人溝通，可是這次連手指都沒了。我猜是因為萬一死者用手指傳達什麼訊息，會給犯人帶來麻煩。」

「哎呀。然後呢？」

「傀裡對象真珠小姐是從正面遭到殺害，八成看見了犯人的臉。犯人會不會是因為害怕真珠小姐復活後會指出自己的身分，便模仿刻耳柏洛斯破壞了遺體？」

「哎呀呀。不是刻耳柏洛斯的話，查出破壞遺體的犯人是誰了嗎？」

「可惜還沒。警方雖然有進行偵訊和檢查隨身物品，不只犯案用的凶器，連被切除的遺體部位都沒找到。」

「藏哪去了呢。」

肆谷優雅地喝了口紅茶。簡直像在享受午茶時光，對話內容卻一點都不符合現場的氣氛。

「不清楚。但我認為犯人很可能在今天到場的人之中。雖說熟人所為的可能性很高，還不能判斷不是刻耳柏洛斯做的。因此這起事件，我想親自去調查。」

「哎呀。妳來調查嗎？」

語尾的語氣聽起來比較強烈。白夜害怕肆谷會不會生氣，戰戰兢兢的。黑緒沒有放在心上，接著說道：

「是的。我來調查。」

肆谷嘴角的笑容消失了。啊，果然生氣了。白夜稍微提高戒心。

「那是你們的工作嗎？」

「不，是調查班的工作吧。但由我負責。」

黑緒也知道，與福音協會有關的事件是由調查班負責。然而，她似乎沒有要放棄的意思。每次都是這樣。只要事件在眼前發生，或者遇到自己有興趣的事件，她就會找藉口調查。

「為何？」

「很可能不是刻耳柏洛斯做的，不能麻煩調查班。話雖如此，因為無法肯定是刻耳柏洛斯做的就不去調查，又有點怠忽職守。」

她面帶笑容，這句話卻帶有「要是不讓我調查，到時發現是刻耳柏洛斯做的就是妳該負責囉」的言外之意。肆谷好像也有聽出來。

「說得也是。調查班的工作量那麼大。」肆谷對黑緒投以略顯僵硬的微笑。「真正的原因是？」

「我被惹火了。」

她直截了當地回答，斷言她尋找犯人只是想發洩自己的怒氣，與刻耳柏洛斯無關。肆谷的表情雖然消失了一瞬間，她不僅沒生氣，甚至噗哧一聲笑出來，揚起紅脣。

「呵呵呵。妳這人真的是……」

這抹笑容等於是在表示同意。傀裡師別做傀裡以外的事，此乃肆谷的教誨，可是她對黑緒的標準感覺放得特別寬。

從以前開始，肆谷就很中意黑緒。不只肆谷。福音協會裡面應該沒人不認識黑緒，就白夜所知，討厭黑緒的只有寥寥數人。

黑緒的傀裡天分比任何人都還要優秀，又擅長交際。說她完美無缺都不為過。對於追求完美的一百的父親來說，正是理想的小孩。想必沒有不尊敬黑緒的傀裡師。

黑緒在七歲顯露傀裡的才能，據說那是覺醒才能的最低年齡。她立刻接受教育，十五歲當上見習傀裡師，破例在十七歲成為通常至少要滿十八歲才能擔任的傀裡師。

至於白夜，他在較晚的十二歲才學會傀裡死者。沒辦法跟黑緒一樣看見幽靈，跟幽靈對話，也經常做不好傀裡，受到責罵。

身為雙胞胎，差異卻如此之大。他總是被拿來跟黑緒比較。所以他才厭惡一切，下定決心，覺得如果可以去死就好了……

死後，白夜內心的自卑感仍未消失。他羨慕、嫉妒受到眾人喜愛的黑緒。白夜緊咬下脣，揪住袖口。

「好吧。查明不是刻耳柏洛斯做的後，馬上停止調查。這件事我會跟調查班說一聲。」

「謝謝。麻煩您了。」

不錯的回應。黑夜覺得就算查出犯人不是刻耳柏洛斯，黑緒八成還是不會收手。她一個人沒辦法找犯人，所以白夜也必須幫忙。

「還有，我們在來周防家的人中，找到一個有傀裡天分的人。」

「哎呀。成功挖角過來了嗎？」

「不好說。畢竟在外人眼中，福音協會是宗教團體。對方果然不太甘願。總之，我有請她們最好今天就來協會一趟。」

黑緒聳聳肩膀。肆谷大概是一開始就沒期待對方會來，看起來既不生氣也不遺憾。

「沒辦法，不能強迫人家。可是，若不快點來協會學習傀裡的用法，真不知道會釀成什麼樣的後果。」

「曾經有人搞不清楚正式的作法就使用傀裡能力，丟掉自己的小命呢。我有簡單說明過啦。不過真的只是簡單說明。」

傀裡是接觸人類靈魂的行為。對象是死者，所以不做任何防禦措施就去碰觸，自己的靈魂也會飄向死亡。惠實里子純粹是碰巧沒發生意外，不曉得今後會對她造成什麼樣的影響。

「請總務班再去說明一次吧。若她們依舊無法理解，只能加以監視，觀察情況了。因為能使用傀裡的人類相當罕見。」

「啊哈哈。奴隸太少就賺不到錢了嘛。」

「呵呵呵。這話真有趣。我們做的全是為了讓親近之人突然去世的人，能夠接受那些人的死亡。」

兩人表情溫和，現場的氣氛卻如同輕輕一撞就會碎裂的玻璃。她們的對話總是這樣。當事人並不介意，只有白夜一個人在那邊不知所措。

「話說回來，有兩個消息要通知妳。一個是昨天調查班保護的傀裡師，他已經無法傀裡了。」

「所以會送到『保管室』囉？」

「對。今天下午五點執行。」

「好不容易找到的傀裡師，為什麼要送去保管室？」

「是他自己選擇的。他覺得活著太痛苦了。」

「噢，又是調查班搞的鬼嗎……」

「是啊。」肆谷瞇起眼角下垂的雙眼。「他們也真會給人添麻煩。」

喚回、操縱靈魂時，需要消耗生命力，不過要把人偶當成式鬼用的時候，如果消耗傀裡師本人的生命力，壽命會迅速縮短，因此會使用對福音協會來說只有害處的人類，代替傀裡師的生命力。存放那些人類的地方，在福音協會稱之為「保管室」。

一踏進保管室，就再也無法離開。明明還活著，卻突然被當成「物品」對待。這麼殘忍的行為萬一傳出去，八成會發展成人權問題。

之所以沒有發生那種事，是因為連在福音協會裡面，都只有傀裡師和調查班等部分成員知情。保管室製造的是提供給式鬼的人工能量——對其他人是這樣說明的。

但正因如此，傀裡師才能放心進行傀裡，不用擔心壽命減少，也可以達到威懾效果，因為他們明白要是膽敢反抗福音協會，自己也會被送進保管室。

由傀裡師以外的人提供生命力，還有其他好處。萬一傀裡師被人偶殺掉，提供給式鬼的生命力也不會中斷，因此就算人偶失控，式鬼還是能壓制他們。這方面對於傀裡師以外的人來說，也比較安全。

福音協會就是像這樣管理、調教、消耗傀裡師，巧妙地同時給予他們恐懼與希望。沒有疑問、不快、罪惡感，什麼都沒有。純粹是一個系統。看似為了傀裡師而存在，卻不是為了傀裡師而存在。

福音協會的創立者只是沒有傀裡能力的一般人。當時他雖然是基於「集中管理傀裡師，以免被用在軍事用途上」這條條約，設立了這個機關，實際上，害怕跟平凡的他們不同，擁有特殊能力的傀裡師，想要將其隔離的意圖肯定更加強烈。所以才會藉由恐懼束縛住他們。告訴他們，你們無路可逃——

「第二個消息是，有一名傀裡師去世了。他想成為式鬼，所以由保存班接收。他使用的式鬼沒人想用，生命力會在明天凌晨十二點停止供應。」

聽見有傀裡師喪命，白夜他們心情依舊平靜如水，或許是因為見過太多人類的死亡了。他的感想只有「這樣啊」。

也不會想問死者的名字。黑緒跟白夜都只回了句「知道了」。

報告完畢後，兩人離開肆谷的房間，回到自己的房間。

「小黑……怎麼辦？妳真的要去查嗎？」

「對呀。要先怎麼做呢？從解散到現在過不到六小時，下午或傍晚再去周防家打聽情報好了。」

她語氣輕快，彷彿要哼起歌來或跳起小碎步。是已經推理到一個程度了嗎？

「妳懷疑的是誰？」

「根據藥袋先生提供的情報，可疑的是沒有不在場證明又有動機的武藏先生和佳彌小姐。還有吉永小姐、大彌先生跟紅玉小姐。惠實里子小姐應該不是。假如她是犯人，在我們面前說她會傀儡太不自然了。」

「大彌先生和紅玉小姐妳也在懷疑啊？他們只是小孩子耶。」

「小孩又如何？小孩也殺得了人。」

黑緒眼底看起來有什麼東西在蠕動著，白夜下意識別過頭。不管是不是小孩，人類殺得了人類。這種事白夜也很清楚。儘管如此，他還是希望凶手不是那兩個孩子，或許是因為他想起了黑緒拋到腦後的過去。他藉由否定來安慰當時一無所知的自己。

「話雖如此，那些情報都是聽別人說的，所以目前大家都很可疑。我想先重新調查一次不在場證明。大和先生的公司搞不好有不為人知的祕密通道，優香小姐搞不好用了某種辦法暫時回到日本，亞美小姐去參加茶會的朋友家，搞不好其實根本沒有舉辦茶會。還有，義純先生的視訊會議也很可疑。搞不好用了時間差手法。枝奈子小姐也可能跟送貨員有交情，讓他幫忙作偽證。」

「意思是，幾乎所有人都很可疑？」

「嗯，對啊。因為，可以確定真珠小姐是被他們之中的人殺掉的。否則何必模仿連續遺體破壞事件。」

黑緒從外套的口袋拿出銀色的菸盒，從中抽出一支菸，叼在口中。她用桌上的火柴點燃香菸，細長的香菸便像蠟燭似的瞬間點燃。火焰立刻消失，只剩下白濛濛的煙霧。

黑緒抽的不是市面上販售的那種用菸草捲起來做成的香菸，而是福音協會自己做的香草製特製香菸。因此跟一般的香菸不同，有各種香草的氣味，有時是薰衣草，有時是檸檬草。

這種菸會在傀裡師想平靜心神，或是式鬼隱藏自己的屍臭時使用。不僅如此，它具有放鬆效果，所以也會賣給傀裡師和協會成員以外的人，很多人喜歡抽。

「我想跟惠實里子小姐打聽她傀裡真珠小姐時的情況，但她一定還在睡。大和先生是公司的社長，可能出門上班了。」

「不一定。自己的小孩遇到那麼慘的事，他說不定會待在家。」

「不過社長這個身分很重要耶。反正在家也沒事做，應該去公司了吧？不對，不如說待在公司還比較能靜下心來。」

白夜想起亞美情緒不穩的狀態。他會放著那樣的妻子去上班嗎？儘管心存疑惑，白夜還是點了下頭。

5

前往大和的公司前，白夜事先調查了地址跟那是家什麼樣的公司。

大和的公司是製造即食食品和零食類的食品加工公司，本公司位於品川。官方網站上寫著茨城、山梨、滋賀都有它們的工廠。

大和是第二任社長。網路上的文章記錄著八年前，他在四十歲的時候從父親手中接過社長之位。自此之後，他不斷挑戰新事物，卻沒有任何一次成功，還因為即時食品裡面混入蛾的幼蟲，被顧客傳到網路上，有一段時期受到抵制，經營陷入困境。經過各種嘗試，情況總算從五年前開始逐漸好轉，現在銷量恢復得跟以前差不多了。身為資產階級的亞美家的支援，應該也是功臣之一。

電視經常播放大和公司的廣告，沒有人不知道那家公司。大公司的女兒遭到殺害，理應會被大肆報導，可是真珠去世的當天，一名男子持槍闖入小學，造成三名教師、十七名兒童傷亡，因此真珠事件只在報紙上占了五公分左右的版面，頂多只有跟公司有關的人和熟人知道。

世人喜歡看更具衝擊性的東西。而每天都有事件在發生。只有一人死亡的真珠事件，在那之後也沒有受到矚目。這或許是導致搜查遲遲沒有進展的要因。似乎沒多少目擊證言。

上午十點半。兩人抵達大和的公司，將車子停在停車場。白夜急忙從駕駛座下來，繞到副駕駛座。這是為了幫黑緒開副駕駛座的門，讓她下車。

車門一開，黑緒就像某戶人家的千金小姐般，雙腿併攏踩到地上。她勾勒出美麗的線條站起身，氣勢洶洶地站著。

「好了，不曉得大和先生在不在。」

黑緒一副毫不關心的態度輕聲說道。大和若不在公司，她打算找個理由打聽監視攝影機和其他出入口的情報，所以他在不在都無所謂。

兩人走進位於停車場旁邊，共五層樓高的大和的公司。櫃檯好像在二樓。剛走進去就看到樓梯旁邊的布告欄。

他們沒有搭乘布告欄後面的電梯，而是爬樓梯上去。途中與兩名疑似社員的人擦身而過，兩次對方都露出奇妙的表情。不意外。黑緒雖然穿著黑西裝，以上班族來說她的長相太過年幼，白夜則跟大學生一樣，穿著黑色高領毛衣搭配黑長褲，兩人外表看起來都不像社員也不像推銷員。

到了櫃檯前面，接待他們的是穿制服的女子。聽見大和的名字，她果然露出懷疑的表情，不過打電話確認後，總算成功約到時間跟大和見面。

在女子的帶領下，兩人這次搭乘電梯來到五樓。走出電梯，走廊直走到底，有扇門牌刻著「社長室」的門。

女子敲門後打開門，鞠躬說道「我帶客人來了」。大和坐在房間深處的辦公桌前，看到兩人便恭敬地站起身，指向辦公桌前的會客區。

「昨天——不對。今天謝謝兩位。請坐。」

吩咐女子準備他們要喝的茶水後，大和也坐到沙發上，與白夜他們相對而坐。

「不好意思，在您這麼忙的時候突然來打擾。我們早上四點才解散，您卻來上班了呢。」

「畢竟我放了一星期的假，很擔心公司有沒有什麼事。」大和按著眼角。「哈哈，我連一小時都睡不到。」

「請您不要太勉強自己，不然會搞壞身體的。」

「謝謝關心。」

大和跟黑緒互講場面話時，敲門聲傳來。剛才那名女子用托盤端著茶水，走進社長室。她將熱茶放到白夜他們面前，馬上鞠躬離開。確認女子走出房間後，黑緒才開口說道：

「您應該很忙，我就直接講重點了。這是我個人的見解，我懷疑真珠小姐的遺體遭到破壞，是殺害真珠小姐的犯人在模仿連續遺體破壞事件。」

黑緒特別強調「我個人」的部分。大概是為了不讓對方警戒。她似乎覺得倘若大和就是犯人，由不是警察的黑緒提出這個意見，或許會因為一時大意而露出馬腳，所以才刻意直接詢問。

「什麼意思？」

「以連續遺體破壞事件來說，少掉的部位太多。」黑緒豎起手指。「之前的連續遺體破壞事件，都只有拿走眼睛和舌頭。不過，這次連手指都被切斷了。您覺得是為什麼？」

「不知道。我聽說過那起事件，但不清楚詳情。」

「我認為犯人是覺得有手指的話，真珠小姐復活後，就能靠文字等方式傳達犯人的身分。」

大和發出空氣通過喉嚨的聲音後，掩著嘴不停咳嗽，或許是想到眼睛和嘴巴變成黑洞的真珠。

「只是巧合吧。」

「我不這麼想。對於引發連續遺體破壞事件的那群人來說，拿走眼睛和舌頭這個行為是一種儀式。過度損壞遺體違反他們的信條。」

「所以妳認為是模仿犯做的。誰會故意做那麼過分的事……而且還是對真珠。」

「警方趕到前，大門都是鎖著的，之後根據警方的調查，窗戶好像也通通都有鎖上。只要有備用鑰匙應該就能侵入，您有想到什麼人嗎？」

「鑰匙我和內人各有一把，剩下就是由吉永小姐管理的那一把。鑰匙是登記制的，本人才能複製，所以只有這三把。」

大和從口袋拿出鑰匙。鑰匙吊在掛著四角形吊飾的鑰匙圈上。是一把形狀平凡的扁平鑰匙。

「這樣的話，代表要從外面侵入有難度呢。」

大和察覺到這句話的意思，「啊」了一聲。他的臉色逐漸蒼白，彷彿在放下白色的簾幕。

「妳在懷疑當時在場的人？」

「有這個可能。」

「呃，可是，沒有任何人有可疑行為。警察檢查隨身物品的時候也沒搜到任何東西。而且，應該也沒人單獨行動。內人有幫我留意房內的狀況，她說沒人離開食堂。跟武藏起口角的時候，可能會沒注意到……但我出面勸架後確認過人數，除了你們和大彌、紅玉，大家都待在食堂。那些人很難犯案吧？」

白夜試著回想回到食堂時的情況。確實所有人都在場。

那麼，剩下的可能性就是犯人另有共犯，不過既然沒人離開食堂，表示也沒有人以兩、三名的少人數結伴行動。既然如此，食堂裡的人全是共犯嗎？白夜往這個方向思考，立刻搖頭。特地叫傀裡師來看這場鬧劇，根本沒意義。

犯人在外面等，裡面的共犯算準時間開門放他進來，等破壞完屍體讓犯人逃走後再鎖門——這樣想好像也不太對。沒人離開食堂，不可能去門口開門，再回去鎖門。

不習慣推理的白夜大腦一團混亂。腦中出現透明人，一一摧毀推理的前提。果然比較有可能是裡面的人做的嗎？

「您說得沒錯。破壞遺體有難度。所以，我認為只要找到殺害真珠小姐的犯人，就能解開這個謎團。」

「找到犯人？」大和提心吊膽地問。「妳想說殺死真珠的犯人就在那之中嗎？」

「可能性很高。犯人把真珠小姐的眼睛、舌頭、手指砍掉，也是因為都讓她看不見也說不了話了，依然無法放心。因為犯人就在現場。萬一真珠小姐用手指寫字，就會知道誰是犯人。所以他才刻意連手指都切斷了。」

「妳在懷疑誰？該不會是我吧？」

過沒多久就跑來問話，大和會警戒很正常。黑緒緩慢搖頭。

「所有人我都在懷疑。因此，為了證明自己的清白，請告訴我您的不在場證明。防盜攝影機裝在公司的入口處對吧？警方跟我說有拍到您進出公司的模樣。不過，假如有正門以外的出入口呢？是不是可以偷跑出公司動手？」

「很可惜，出入口只有一樓那一個。而且要回家的話需要用到汽車，不只門口的監視攝影機，連停車場的監視攝影機都只有拍到我上下班的時候。我不可能有辦法犯案。」

「也可以躲在巨大行李後面，騙過門口的監視攝影機後，開事先停在其他地方的車回家。」

都說不可能了，黑緒還窮追不捨，大和像要壓抑住不耐煩的情緒般按著頭。

「家裡的車只有我和內人的，如果我去開內人的車，會被她懷疑。而且就算趕著從公司回家，開車也要三十多分鐘。當時武藏有打電話給我，我馬上就接了。若我是在殺害真珠開回公司的途中，照理說不可能接得那麼快。不只這樣。我為何要殺害自己的女兒？」

「世上有很多殺死親生骨肉的父母。也有很多對家人或兄弟姊妹下得了手的人。」

黑緒很不識相地輕笑出聲。這好像觸怒了大和，他板起臉用尖銳的言詞否認。

「別把我跟那些人混為一談。不可能就是不可能。是說，講這種話會不會太沒禮貌了？而且你們又不是警察。」

「可是，您當天都在公司工作對吧。也就是說沒有人可以證明您待在這裡。電話用免持聽筒就能接。」

大和閉上嘴巴，因為心生動搖而目光游移。這個反應有什麼意義？白夜持續注視著他。三分鐘左右的靜寂過後，大和小聲地說：

「真珠遇害的時候，我在跟人講電話。」

「打給哪位呢？」

「宮島。她是這家公司的客戶。」

噢。黑緒點了下頭。這件事藥袋提供的情報有提到。然而，他們還知道兩人之間有不倫關係，所以白夜懷疑他們聊的真的是公事嗎？

「兩位關係挺親密的嘛。真珠小姐的傀裡儀式，您也有邀她來。」

「那是因為……她無論如何都想參加。她是我的大客戶，不能當沒聽見。」

「對亞美小姐也是這樣說的？」

「這是事實。」

大和發現兩人的關係遭到懷疑，口氣變得有點粗暴。

「可是，一般來說都不會邀請吧。那可是家人重要的儀式。」

「葬禮也會找各種人來吧？跟那一樣。」

他好像不肯承認兩人的不倫關係，於是黑緒放棄拐那麼多彎，開門見山地問：

「您跟優香小姐交往過對吧。兩位現在是不是還沒斷乾淨？」

大和發出苦悶的呻吟聲。黑緒將這個反應視為肯定，滿足地提出下一個問題。

「聽說她跟您講電話的時候人在國外，特地打越洋電話嗎？」

大和移開視線。簡直像在說他心中有愧。他用門牙磨了幾次嘴唇，重新望向黑緒。

「因為突然有事。」

「有辦法證明兩位講過電話嗎？」

大和心不甘情不願地從口袋拿出手機，滑動螢幕，將螢幕對著黑緒。上面顯示著用通訊軟體傳送的訊息，以及播出通話、結束通話的紀錄，後面還有兩個影片縮圖。應該是講完電話後立刻傳給對方的。其中一個影片有錄到優香的臉，下面的影片則是大和的臉。

白夜發現黑緒在輕輕用手肘撞他，小聲嘆氣。等等他必須要扮黑臉。沒辦法。他無法反抗黑緒。他在內心跟大和道歉，從他手中搶走手機。

「啊，喂。」焦急的聲音傳入耳中，大和伸手想搶回手機。白夜從沙發上站起來逃開。他將拿著手機的手伸向天花板，調整成黑緒看得見螢幕的角度。

「唉唷，壞壞。你在做什麼？不可以這樣。」黑緒用毫無起伏的語氣責備白夜，對大和微微低頭致歉。「不好意思，他偶爾會不聽我的話。」

「想辦法阻止他啊！」

伸長手臂的話，白夜的身高高達兩公尺以上，大和的手根本搆不到。儘管如此，他仍然驅使看起來很沉重的身體跳向上方，拚命試圖搶回手機。白夜有種變成壞人的感覺，坐立難安。

他沒有徵詢大和的許可，按下錄到優香的臉的影片播放它。影片中的優香在對鏡頭揮手。背後有錄到魚尾獅。

畫面中沒有看見不自然的雜訊等異狀，應該真的是在國外拍的。

優香手上戴著智慧型手錶，多虧螢幕隨時都是亮著的，看得見當時的時間是二月四日，下午三點半。日本跟新加坡的時差有一小時。新加坡的時間比較慢。換算成日本時間是下午四點半。優香無論如何都不可能犯案。

影片中的優香沒有昨天那種高傲的感覺，而是用宛如戀愛中的少女的甜美聲音傾訴愛意。不曉得大和是如何回應的。白夜有點好奇。

影片的長度連一分鐘都不到，播完後，白夜接著播放錄到大和的臉的影片。這段期間，大和還在努力試圖拿回手機，手機卻如同掛在樹上的氣球，怎麼抓都抓不到。

大和的影片是在這間社長室拍的。他在亞美面前像個可靠的男人，影片中的大和卻變成跟小孩子一樣的撒嬌鬼。

大和想讓優香看看自己有多努力，拍了電腦螢幕給她看，裝著可愛對她說「寶寶要誇誇」。

要撒嬌是可以。但他可不想看見一個大男人對戀人說寶寶語。白夜偷偷望向大和，他滿臉通紅，顫抖不已。

影片比優香的還要長，大約有三分鐘。大和用寶寶語侃侃而談自己背負著多沉重的負擔、自己有多麼努力，不停向優香討誇。

雖然是外人不能看的影片，透過那段影片得知了一件事。照到電腦螢幕的時候，可以看見右下角的日期及時間。正是真珠遭到殺害的那一天。時間是四點三十八分。證明了大和不可能回到家。

看完影片，白夜心懷愧疚，靜靜坐回沙發上，乖乖把手機還給大和。大和立刻一把搶過手機，收進口袋。

「總覺得有點對不起您……」

白夜誠心向他道歉。大和瞪了他一眼，沒有回答。黑緒忍著笑意說道：

「不過拜其所賜，我知道您不可能犯案了。優香小姐也是。全是多虧您願意把影片給我們看。因為我也有推測優香小姐會不會是出於對亞美小姐的憎恨，失手殺了真珠小姐。」

前一刻還怒火中燒的大和，表情稍微和緩了些，或許是因為聽見優香的清白得到證明，心情稍微變好了。然而，他的語氣還是蘊含怒意。

「那就好。因為無辜的人洗清嫌疑了。」

「這樣的話，犯人就是其他人。誰比較容易下手呢？果然是事件當天在家的人吧。例如……沒錯，例如武藏先生。」

「妳也在懷疑武藏嗎？」

義純、亞美也覺得武藏很可疑。的確，從不在場證明跟動機來看，他是嫌疑最大的人。待在自己的房間稱不上不在場證明，他又有誘拐事件的前科，無論如何都會忍不住懷疑他。

黑緒果斷地點頭。自己的弟弟被其他人懷疑，大和似乎難掩震驚。聽見他咬緊牙關的聲音。

「那傢伙不可能下得了手。」

「為什麼?他不是曾經企圖誘拐兒童嗎?」

「那是有原因的。那孩子是單親家庭,受到父親的虐待。武藏不忍心坐視不管,所以……」

「您的意思是,武藏先生是為了幫助受虐兒童才想誘拐她?」

「武藏有點思慮不周。一旦產生某個念頭,就會付諸實行。他想將那孩子帶離家中的時候,撞見她的父親,被盛怒的父親毆打。臉都被揍到變形了,肋骨還斷掉刺進肺部,差點沒命。最後他住院住了兩個月。」

「武藏先生為什麼要做那種事?」

「我們的父親是個嚴厲的人。雖然自己講這種話有點奇怪,我從小就擅長察言觀色,身為小孩卻知道講什麼父親會高興,因此父親很寵我。可是武藏口拙又不擅長跟人交際,是連親生父母都會保持距離的小孩。我爸應該是不喜歡他這一點。不知不覺間,他變得只要武藏一說話,就對他使用暴力。當時我只覺得弟弟怎麼這麼不會做人,沒想過那叫虐待。我以為那屬於管教的範圍。不過其實,我的內心說不定是明白的。或許是因為這樣吧,自己有小孩後,我對武藏產生了愧疚之情。幫犯下誘拐事件的武藏請律師,決定讓無家可歸的他住在家裡,都是為了贖罪。」

白夜心想,跟我家好像。雖然父親沒對他施暴,白夜的存在一直被人無視。假如他沒有傀裡才能，八成會持續至今。想起自己的過去，白夜心中湧上一股寂寥。

「意思是，武藏先生以前受過父親的虐待，無法放著受虐兒童不管，想要幫助她嗎？」

「沒錯。所以那傢伙不可能殺小孩。」

「但也有可能是因為小時候你沒對他伸出援手，基於怨恨殺了真珠小姐吧。」

聽見這句無情的話語，大和目瞪口呆看著黑緒。白夜有種自己在受到譴責的錯覺。

「真珠小姐長得很像亞美小姐。武藏先生對於看他不順眼的亞美小姐懷恨在心，『不小心』殺了與亞美小姐相貌相似的真珠小姐。也是有這個可能。」

「怎麼可能！武藏不會因為這種事殺害真珠。要說的話，內人的弟弟義純還比較可疑。」

意想不到的人名出現，令白夜吃了一驚。之前有提過真珠會怕義純的妻子枝奈子，枝奈子又疑似對亞美抱持恨意，所以她可能有動機，義純目前卻沒有。

「你為什麼會這麼想？」

「他是個姊控。一有事就會馬上去依靠亞美。明明有枝奈子小姐了，他還只會稱讚亞美，就算亞美對枝奈子口出惡言，他也不會回嘴，而是站在亞美那一邊。光在旁邊看都覺得毛骨悚然。雖說是姊弟，他表現得實在太喜歡亞美，感覺很噁心。」

「這跟殺害真珠小姐有什麼關係？」

「……例如，他對長得跟亞美很像的真珠抱持好感，卻沒被真珠放在眼裡，氣得殺了她。乍看之下，義純對大彌、真珠、紅玉一視同仁，實際上他對真珠異常疼愛。零用錢和壓歲錢，真珠拿的都比身為長男年紀又比較大的大彌多，土產總是帶真珠或亞美喜歡的東西。太不正常了。」

「那不是因為亞美小姐特別寵真珠嗎？」

「我不認為。而且，連不知情的義純都想把罪名推給武藏。一逮到機會就罵武藏，簡直像希望犯人就是他。也許是因為有義純這個同伴的關係，亞美的行為愈來愈激烈。別看他那樣，義純很狡猾的。沒人知道他心裡在想什麼。我們剛結婚的時候，他還表現得很尊敬我，一接受亞美家的援助，他的態度就轉了一百八十度。還總是把我家當成自己家賴在這邊，受不了。」

大和講到一半，變成在抱怨義純。看來他積怨已久。大和滔滔不絕，肩膀劇烈上下晃動，連要呼吸都忘了。

他似乎是因為私人因素討厭義純，而不只是因為義純對真珠和亞美的態度。這也不能怪他。其他人在自己家大搖大擺，感覺應該很接近威嚴或矜持遭到踐踏吧。

大和喘了一口氣的時候，模糊不清的音樂於室內響起。是從大和身上傳來的。似乎是手機鈴聲。以大和來說真是可愛的旋律。

他按著胸前的口袋，卻沒有拿出手機。八成是因為他知道是誰打來的。

「不好意思，等等有重要的會議。可以到此為止嗎？」

看得出他希望兩人盡快離開。黑緒似乎也沒有其他想問的事，乾脆地站起來。

「謝謝您。今天談到的事請您保密。畢竟還在搜查途中。」

兩人輕輕點頭致意，走出社長室。關上門的前一刻，白夜聽見撒嬌的聲音，但這跟事件沒有關係，他便假裝沒聽見。

6

回到停車場，白夜打開副駕駛座的車門，讓黑緒先上車，然後坐上駕駛座，準備出發。

「接下來要去哪裡？」

「我想想。現在幾點？」

白夜用手錶確認時間，回答「上午十一點十五分」，黑緒豎起食指在空中左搖右晃，唱起民謠歌曲：「該怎麼辦呢」。

「離這裡最近的是義純先生家嗎？」

白夜從口袋拿出手機，打開八月朔日給他的嫌犯地址清單。義純家在大和的公司跟大和家之間。按照順序拜訪義純家、佳彌家、周防家，應該是最順路的。

「嗯。要去義純先生家嗎？」

「就這麼辦。剛才有聊到義純先生，時機正好。」

「對啊。可是，不曉得他在不在。」

「應該在。早上四點才解散耶。大和先生是社長，可能不方便隨便請假，不過義純先生上班的公司有落實社會保障制度和員工福利措施，總可以請到特休吧。」

原來妳知道義純在哪家公司上班。更令人在意的是，妳明明從來沒去公司上過班，虧妳知道這些制度。黑緒彷彿看穿了白夜的想法，補充道：

「而且義純先生說過，他有時會在家工作。」

妳什麼時候連這都跑去問了？白夜只回了句「是嗎」，伸手設定導航系統。在他準備輸入義純家的地址時，手機響起來電聲。是未知號碼。

「咦？誰啊？」他納悶地按下接聽鍵。「喂、喂。」

『嗨。你們那邊調查得還順利嗎？』

是有印象的聲音。聽起來像在嘲諷人的笑聲。

「該不會是……五木先生？」

講出這句話的瞬間，白夜望向黑緒。黑緒仍然面帶笑容，嘴巴卻閉得緊緊的，試圖隱藏氣息，不打算幫忙接電話。

『答對了。嗯——我們搞不好心靈相通喔。』

五木開了個玩笑，白夜卻完全笑不出來。他好不容易忍住不要發出厭惡的呻吟聲。五木是在福音協會待得比白夜還久的大前輩。不能對他太失禮。不過，黑緒跟他是同輩，只要黑緒願意代替他接電話，就能不用顧慮那麼多。

他再次望向黑緒，黑緒眼睛眨都不眨一下，看著車頂裝死。看來她無論如何都不想接。

「不、不知道耶。對了，您怎麼知道這個號碼的？」

『我們是同事，知道很正常吧。』

我倒不知道您的手機——白夜忍住想這麼說的衝動。

「這樣啊。呃，請問您有什麼事？」

『想聽聽聲音。沒有啦，不是你的。黑緒也在吧？』

他又往黑緒那邊看過去。黑緒睜大眼睛，嘴巴微微打開，繼續裝死。

「在是在……可是她死掉了。」

聽見這個回答，手機另一端傳來噴笑聲。五木笑得很開心的樣子。由於他實在太吵，白夜把手機拿遠了一點。

『哎唷，黑緒怎麼那麼可愛。如果她能一直當一具屍體，就更可愛了。』

被這種變態喜歡上的黑緒真可憐。畢竟五木是虐待狂兼戀屍癖兼自我中心主義者。被這種性格有缺陷的人喜歡上，不可能高興得起來。黑緒應該更這麼覺得吧。

「那個，沒事的話我要掛了。」

白夜將大拇指移到結束通話的按鈕上，想要掛斷電話。然而，在他掛斷前，五木拋出一個神祕的問題。

『記得昨天抓到的那個流浪的嗎？』

是昨天去周防家之前，五木他們帶回來的那名男子嗎？白夜想了起來。他把手機拿回到耳朵旁邊，回答：「記得。」

『調查結束了。』

流浪傀裡師被調查班帶來的話，會被逼供至今以來做過的好事。綜合調查班查到的情報和沒查到的情報，掌握他做了幾次傀裡。

既然要給予人偶生命力，只要循著連接供給者和人偶的生命力絲線尋找即可——沒有傀裡能力的一般人曾經這麼說過，實際上是辦不到的。雙方離得夠近的話，生命力的線看起來是會很粗沒錯，但隨著距離拉遠，就會變得跟蛛絲一樣細，最後難以目視。根本無從追蹤。

所以需要傀裡師的自白。遇到這種情況，協會會滿不在乎地用違法手段質詢，好讓對方招供，大部分的流浪傀裡師都會嚇得人格驟變。因此，調查班又有「缺陷製造機」這個別名。

「那個人最後決定送到保管室了呢。」

『沒辦法。』五木笑道。『當事人都說不想再到外面去了。』

白夜不寒而慄。他樂在其中。樂於毀掉一個人。正因如此，才有辦法在被取了那種別名的調查班待那麼久。在調查班之中，五木又屬於特別異常的那一個。

話雖如此，調查班也有正常人，不全是五木這樣的人。例如與五木共同行動的十王。十王清廉又過度正直，令人懷疑他為什麼會在調查班……不如說連他加入福音協會一事都很神奇。福音協會很少有這樣的人。大家都不太正常。或許是因為太接近死亡了。

『然後，關於那個流浪的，他好像五年前就在幹這種事。之前都巧妙地隱瞞起來了。』

「喔。」白夜咕噥道。完全無法理解他的意圖。明明不是在跟五木當面交談，白夜卻歪過了頭。

調查班的報告書會上傳到協會內的伺服器上。傀裡師也有閱覽調查報告書的權限，想看的時候就能看，所以沒必要請人跟他們報告。

那麼，為何五木要特地聯絡他們？白夜十分疑惑。單純是想跟黑緒說話嗎？但他不可能為了這點小事打電話過來。

「所以您想說什麼？」

『你好遲鈍喔。我的意思是，搞不好跟你們正在調查的周防家事件有關。』

白夜驚訝得一句話都說不出來。車內只聽得見五木帶有雜訊的聲音從聽筒傳出。

『住在周防家的人裡面，不是有個五年前誘拐兒童的人嗎？』

「對，您怎麼知道？」

『是肆谷班長提供的情報。然後啊，那個流浪的也傀裡過五年前誘拐事件的被害者。而且委託人好像叫「武藏」。當時有釀成事件，新聞也有報導，所以他記得武藏的名字。』

武藏委託流浪傀裡師幫忙傀裡他拐走的小孩？為什麼？在探討這個問題前，誘拐事件的小孩原來去世了嗎？

「是武藏先生委託的嗎？他殺了那孩子？」

『流浪的說他沒問那麼多。詳情寫在報告書裡面，自己去看啦。我只是因為肆谷班長叫我通知你們，才打電話過來。』

「好的，等等去確認。再見。」

白夜準備掛斷電話時，又聽見五木的聲音。他的手指停在離結束通話鍵只差數公釐的地方，豎起耳朵。

『結果，那不是刻耳柏洛斯幹的吧。』

根據黑緒的推理，犯人不是刻耳柏洛斯。但也不能斷定。白夜望向黑緒，她輕輕搖頭。

「不，還不清楚。」

『啊，是喔。反正八成與協會無關，幹麼要繼續調查。浪費力氣。黑緒什麼都不用做。』

語畢，五木拋下一句『拜啦』掛斷電話。白夜看著黑緒，她露出打從心底感到厭惡的笑容。

結束通話後，白夜馬上登入協會的伺服器。輸入帳號及密碼，首頁選單便顯示出來。他前往閱覽調查報告書的頁面，選擇今天上傳的檔案。

負責人是五木和十王的報告書有一份。白夜點開檔案。報告書上寫著十件傀裡紀錄。第一次是在五年前。推測這就是五木說的那一次。武藏委託他復活一個小孩。流浪傀裡師在電視上看過武藏，猜測應該是武藏下的手。他不想太過深入，再加上武藏給了一大筆錢，便沒去過問傀裡的理由。死者復活後，受到人偶拒絕的武藏馬上要他解除傀裡。理由沒有記錄。武藏到底跟他想誘拐的小孩發生了什麼事？

「原來武藏先生知道傀裡。那他還那個態度。」

黑緒從旁邊探出頭看手機，低聲說道。

武藏在對真珠進行傀裡前，提議中止儀式。他應該知道會成功才對。若武藏是破壞遺體的犯人，他阻止儀式有何意圖？

「這個流浪的，傀裡的次數最近變多了。剛開始他還會怕，之後大概是覺得能賺錢又能傀裡，找到樂趣了。」

委託書上除了疑似武藏委託的那一次外，之前還有一次。兩年前一次，一年前三次，今年則多達四次。

白夜看起最近的案例。有人因為一時衝動殺了戀人，希望他幫忙復活；有母親失手殺了孩子，希望他讓小孩復活到隔天，方便她偽造時間；有人的妻子死在強盜手下，現在去世的話會影響他去銀行等機關辦手續，希望他讓妻子再活五天左右；有人為了得到戀人的年金，想讓他復活。全是自我中心、令人作嘔的原因。

流浪傀儡師的活動範圍在周防家附近。所有的案例都在二十公里以內。根據報告書上的紀錄，好像是因為犯人家就在附近。

「的確，這種幫助犯罪的委託，協會不會接受。可以理解他們想向流浪傀儡師求助的心情。」

黑緒用不帶同情的平板語氣說道。很少人是為了追求快樂而殺人。大多是因為一時衝動吧。若有人告訴他們能讓死者復活，應該會想抓住那最後一根稻草。白夜對那些懷著那種想法的委託人心生憐憫。

「咦，這場傀儡儀式在好奇怪的地方舉行。」

黑緒指著兩天前的傀儡內容。地點在工地。委託人想復活被強盜殺死的妻子，但這個地點實在很奇怪。

「真的。好奇怪喔。說不定是丈夫殺了妻子，不敢承認才推給強盜。可是，為什麼要把遺體搬到工地？家裡不方便讓人看見嗎？」

「是為了匿名吧？想隱瞞身分，所以才搬到工地。如果動手的是他自己，那可不是能跟人說的事。可以的話自然會想隱瞞身分。」

黑緒輕笑出聲。白夜怎麼聽都覺得她在諷刺自己。

「小黑……」

「怎麼那種表情？好有趣。別管那個了，快走吧。去完義純先生家，還得確認武藏先生以前是否委託過傀裡。」

白夜低頭盯著報告書，用微弱的聲音應了聲。

他正想滑掉現在的畫面，這次跳出來的是八月朔日的名字。八月朔日打電話來還真稀奇。是真珠事件有什麼進展嗎？白夜胸懷期待接聽電話。那只是他天真的幻想。

「被殺了？為什麼——」

7

白夜帶著黑緒來到八月朔日他們所在的地方。是昨天來過的周防家附近的木造公寓，穿制服的警察在一樓的房間忙碌地進進出出。

房子附近拉著封鎖線，周圍有一群人在圍觀。白夜在人群中尋找打電話給他的人。

對對方來說，比其他人高出一顆頭的白夜很好找，他們馬上就四目相交。

八月朔日舉起手，對旁邊的藥袋說了幾句話，藥袋也跟著走過來。他還是老樣子一臉嫌惡，不知道在跟八月朔日說什麼。看來他對於白夜他們會來並不知情，正在責備八月朔日。對牛彈琴。這對看起來毫不愧疚的八月朔日而言，似乎沒有效果。

藥袋繃著臉和八月朔日一起走向兩人。他從封鎖線底下鑽過去，與兩人擦身而過，站到無人的電線桿旁邊。

黑緒像要陪他喝酒似的，在藥袋身旁跟著拿出香菸。煙霧繚繞，兩道白煙飄向空中。八月朔日張大鼻孔，吸進氣味。

「那種菸真的很好聞。」

「對吧?協會自己製造的。要不要來一根？一部分的利潤會捐給生活有困境的小孩可以幫助別人喔。」

黑緒拿起香菸宣傳。八月朔日好像被挑起興趣了。藥袋打斷兩人聊天，開口說道：

「你們來幹麼的?」

「我們來的理由，您早知道了吧。八月朔日先生打電話來，我想說希望能幫上什麼忙，急忙開車趕來呢。」

藥袋再次瞪向八月朔日。八月朔日只是笑咪咪的，沒有辯解。

「我不知道他跟你們說了什麼，不過輪不到你們出場。」

「聽說狀況跟真珠小姐遇害時相同。」
藥袋一如往常地大聲咋舌。「妳知道多少了？」
「惠實里子小姐跟真珠小姐一樣慘遭殺害，就只有這樣。」
「發現惠實里子的人是她的母親。上午十一點，母親佳彌醒來時發現惠實里子被勒死在自己旁邊。遺體的狀況十分異常，眼睛被挖出來，舌頭和手指被砍斷。從這個狀況來看，很可能是死後才破壞遺體。跟真珠的狀態一樣。」
「意思是，犯人可能跟真珠小姐的事件是同一個。」
「對。凶手用來絞殺死者的凶器，是惠實里子的跳繩，同樣驗不到第三者的指紋。比較可疑的是第一發現者——死者的母親佳彌，但她否認犯案。她說她睡前明明有鎖門，醒來時門鎖卻是打開的，應該是有人侵入家中，殺了惠實里子。」
藥袋敲著頭頂，大吸一口菸。香菸的前端燃燒著紅光。沒有徹底燒起來的樣子，彷彿在反映藥袋不完全燃燒的內心。
「您看起來不太能接受。」
「佳彌家是屋齡三十五年的木造公寓。有兩間房間。一間是客廳，另一間當成寢室在用。寢室鋪著一床單人加大的棉被，母女倆似乎睡在一起。她們隔著兩、三個拳頭的距離，並沒有離太遠。這麼點距離，會沒發現女兒在旁邊遭到殺害嗎？」
眾人在早上四點前於周防家解散。如果她們之後直接回家睡覺，搞不好會累到醒不來。然而，前提是惠實里子沒有掙扎。被勒住脖子的話，應該會因為無法呼吸而醒來。當時她沒有掙扎嗎？還是在其他地方被殺後，才搬到房間的？

「犯人有沒有可能把惠實里子小姐綁住，以免她掙扎？」

「四肢沒有被綁住的痕跡。不過，身上有不只一處的瘀血。」

「犯人對她施暴嗎？」

「是舊傷，應該與事件無關。可能是佳彌會虐待她。」

佳彌嗎？白夜感到疑惑。她看起來挺疼惠實里子的。

「順帶一提，不可能是在其他地方被殺的。棉被上留有排泄物的痕跡。大概是死後身體的肌肉鬆弛了。」

白夜的推理被藥袋一語推翻。這樣的話，犯人等於是在佳彌旁邊悠哉地殺死惠實里子。是打算萬一佳彌醒來，連她一起殺掉嗎？這樣的話未免太計畫不周了。

「佳彌小姐說她睡前有鎖門。沒有被撬開的痕跡嗎？」

「鎖孔沒看見那種痕跡。而且她連防盜扣都有扣，卻被拿掉了。防盜扣上也沒有痕跡。我問過鄰居和在這一區巡邏的警察，他們都說沒看見可疑人物，也沒聽見特別奇怪的聲音。」

「不撬開門是怎麼進來的？」

「在哪打了一把鑰匙，開門進來的吧。」

「那他為什麼不在犯案後把門鎖上？有鑰匙的話鎖門讓現場變成密室，更容易嫁禍給佳彌小姐。」

八月朔日比藥袋更快開口。話被搶走的藥袋顯得有點不甘心。

「我也這麼認為。所以我在想會不會是佳彌故意開鎖，假裝成是精神異常的人做的。」

「總覺得不太合理。死亡時間在什麼時候？」

「屍體已經開始僵硬，推測是上午十點到十一點之間。」

這次輪到藥袋回答。

「為什麼連惠實里子小姐的眼睛、舌頭、手指都沒了？光殺死她不夠嗎？」

「誰知道。或許是想偽裝成連續遺體破壞事件。」

「犯人明顯跟真珠小姐的事件是同一個。殺害惠實里子小姐並破壞遺體，會不會是因為有那個必要？」

黑緒這句話令白夜想起惠實里子說過她跟真珠交談過。假如犯人就在現場，他可能會覺得惠實里子說不定聽真珠說了些什麼，急忙殺死她。在場成員是犯人的可能性變高了。

「妳想說犯人殺害真珠的時候，被她看見了？可是真珠事件發生的時間，惠實里子在家跟母親一起睡覺。」

「不是的。其實惠實里子小姐好像有傀裡的才能，我們抵達周防家之前，她說她跟真珠小姐有講到話。犯人在那個時候擔心惠實里子小姐是否掌握了什麼情報，急得殺了她。跟真珠小姐那時一樣，奪走遺體的眼睛、舌頭、手指的目的，恐怕也是避免死者被傀裡。」

又是傀裡師啊。藥袋不耐地皺眉。

「惠實里子聽真珠說了什麼？」

「很遺憾，我們不在場所以不知道，惠實里子又因為害怕的關係不敢說。所以我才打算今天來問她。」

藥袋再度大聲咋舌。他的咋舌聲隨著不同的階段愈來愈大。他用攜帶式菸灰缸捻熄變短的香菸，把口水吐進水溝蓋的縫隙間。

「沒用的傢伙。要那種力量幹麼?有跟沒有差不多。」

這樣罵人真的很不講理，黑緒卻沒有收起笑容。不過，白夜感覺到她心裡在不耐煩。

「好了啦。藥袋先生，冷靜點。我們也一樣一事無成啊。先等驗屍報告出來，看看有沒有奇怪的地方吧。」

八月朔日安撫藥袋，黑緒對八月朔日說：

「啊，那結果出來後請告訴我。」

「瞭解。」

他拍著胸膛回答。藥袋對他投以冰冷的視線，八月朔日卻沒發現。

「還有，藥袋先生，我想打聽一下武藏先生的事情。」

「周防武藏怎麼了？」

「武藏先生好像犯下過誘拐事件。當時的被害者現在在哪裡？」

藥袋瞇眼癟起嘴角，一副不想回答的樣子。

「妳知道那件事啊。那不是五年前的事件嗎？跟這有什麼關係？」

「不曉得。我只是很好奇那孩子現在過得怎麼樣。」

「不在世上了。死在家裡。有一通匿名電話打來說聞到異臭，警方趕到時已經死好幾天了。」

白夜忍不住猜測是不是武藏下的手。如果他當初是為了救人而綁架人，哪天是否會為了救人而殺人？令人不快的猜測。

但這樣還會有一個問題，若武藏殺了那孩子，為何要委託人傀裡？

「是誰殺了她？」

「她的父親。記得那孩子是在誘拐事件的兩個月後去世的。父親是所謂的菁英分子。誘拐事件導致他的虐待行為被發現，失去社會地位。他因為失去了在社會上的容身之處，反過來怨恨自己的小孩，親手殺了她。」

武藏託人傀裡過那孩子。找到死去的小孩委託人傀裡，是不是有點奇怪？

為了不被人發現真正的凶手其實是自己，讓父親殺死復活的小孩，隱瞞自己的罪行。白夜原本是這樣推測的，可是他想起報告書上寫著傀裡馬上就解除了。那麼，事實並非如此嗎？

他望向黑緒，黑緒一語不發，似乎沒打算告訴藥袋他們武藏委託過那孩子的傀裡。從那兩個人的反應來看，別說武藏委託過傀裡了，他們連那孩子被傀裡過都不知道的樣子。

黑緒笑著說道「真是個人渣」，語氣冷酷得令人背脊發涼。藥袋用力吐出一口煙，表示同意。

「原來如此。嗯。幸好有來問。謝謝您。」

「喂，妳明白什麼了？跟事件有關嗎？」

藥袋挑起一邊的眉毛。黑緒回答「誰知道呢」。藥袋焦躁地咋舌。

「那麼，我們先告辭了。驗屍報告出來後，記得告訴我們。」

黑緒揮著手轉身離去。白夜像影子似的跟在後面。

第三章　她是否會因此喪命？

1

回到車中，黑緒叫白夜用手機查詢佳彌住的地方。白夜雖然感到疑惑，還是從口袋裡拿出手機，開始搜尋。他從列表上找到佳彌家，輸入搜尋網站，按下搜尋鍵。最上面顯示出佳彌住的公寓的租屋資訊。

點開來一看，在「SUMOU」這個租屋資訊網中，刊登著佳彌家隔壁兩間的空房的資料。

「可以打開格局圖給我開嗎？」

白夜點擊空房情報，打開跟佳彌家一樣是兩房的格局圖，將螢幕朝向黑緒。一進門就是廚房、浴室、廁所，底部有兩間房間排在一起。公寓大多每間房的格局都一樣。佳彌家八成也是同樣的格局。

「有門口的照片嗎？」

聽見黑緒的問題，白夜滑動螢幕尋找照片。有張同時拍到廚房跟大門的照片，他點開那張照片給黑緒看。

「是U型鎖呢。鍊條的話輕而易舉就能拿掉，可是U型鎖沒有工具很難打開。而且不事先知道是哪種鎖會搞不懂怎麼開，無法應對。總不能當場調查吧。」

「該不會是計畫性犯罪，很久以前就在等待時機？」

「不一定。我們在凌晨四點左右解散，惠實里子小姐遭到殺害的時間，是上午十點到十一點。六個小時給他調查、練習也夠了吧。」

「那不就變成犯人事前就知道佳彌小姐家用的是U型鎖？」

「啊哈哈。這種小事，只要知道地址和她住的是哪棟公寓，就能跟我們一樣查到內部結構了吧。你真笨。」

黑緒指向手機。白夜發出錯愕的聲音。被人嘲笑令他有點火大，可是他無法反駁，就算回嘴，顯然會遭到還擊，因此他只是默默生著悶氣。

「不要生悶氣啦。真難搞。」

黑緒嘴上說她難搞，看起來卻頗為愉悅。白夜不太高興。

「不過這樣的話，代表犯人知道佳彌小姐的住處。那些人裡面可能知道的，頂多只有亞美小姐吧。」

惠實里子不肯離開母親身邊。她不會去接近年齡相近的大彌和紅玉，由此可見，惠實里子應該只跟真珠一個人熟，也沒看過她與武藏交談。她跟義純和枝奈子保持著一段距離，肯定是初次見面。優香在跟大和搞外遇，應該不會靠近周防家，她連有惠實里子這號人物都不一定知道。

「知道住處有什麼難的。」

「要怎麼做？」

「跟在佳彌小姐後面。或者把自己的手機或裝了GPS的什麼東西藏在佳彌小姐的包包裡，靠GPS追蹤。機器只要在殺人的時候回收就行，萬一被佳彌小姐發現，也可以隨便找個藉口。推測是在警察檢查完隨身物品後放進去的。」

黑緒的笑容，嘴角看起來挑得比平常還高。

那個方法建立在絕對要殺死惠實里子的殺意上。能馬上想到那個計畫的凶手，屬於自私又傲慢的人。

犯人對於要殺害小孩子，沒有一絲躊躇嗎？這樣儼然是在為了攝取營養而進食。

「好了，不曉得是誰幹的。真珠小姐那起事件，佳彌小姐也是嫌犯之一，不過這次似乎可以把她排除在外。」

「因為死者是惠實里子小姐？」

「理由不是那個。你不覺得奇怪嗎？假如佳彌小姐是殺害真珠小姐的犯人，懷疑惠實里子小姐可能從真珠小姐那邊聽說了什麼，何必用這麼殘忍的手段殺掉她？再說，若佳彌小姐就是犯人，只要不委託人傀裡她就好，光奪走她的生命就夠了。」

「啊，對喔。不、不過，也有可能是想偽裝成這起凶殺案跟真珠小姐的事件有關，排除自身的嫌疑。」

「那為什麼要故意讓她死在自己旁邊？」

死在其他地方肯定比較不容易被懷疑。藥袋也認為佳彌很可疑，怎麼會睡在旁邊卻沒發現。白夜垂下肩膀，覺得自己想得不夠細。

「與其跟真珠小姐的事件扯上關係，把罪名推給強盜更輕鬆，她卻沒有這麼做。明顯是不得不讓遺體變得跟真珠小姐一樣的犯人所為。犯人是外人，無法阻止惠實里子小姐的傀裡。所以犯人知道光是殺了她沒用，自己的身分之後會因為傀裡而被揭發。但他又不能把遺體藏起來，畢竟藏遺體很花時間。既然如此，直接破壞遺體更快更安全。」

死人不會說話。為了讓她們閉上嘴巴，不只真珠，連惠實里子都**二度**遭到殺害。犯人怎麼狠心做這麼過分的事？白夜對二度遭到殺害的兩人心生憐憫。

「那妳覺得嫌犯是大和先生、優香小姐、佳彌小姐以外的人囉？」

他們在真珠事件發生時不但有不在場證明，又沒有理由殺害惠實里子，大和跟優香應該都能排除在外。佳彌是犯人的話，在自己旁邊動手風險太高了，而且她沒道理破壞遺體，也可以不列入考慮。

「對呀。剩下亞美小姐、武藏先生、義純先生、枝奈子小姐、大彌先生、紅玉小姐、吉永小姐七個人。殺害惠實里子的犯人，就在這之中吧。」

黑緒連小孩子都一併提到。小孩被列入嫌犯名單內，感覺真不舒服。

「小孩子有辦法開鎖嗎？」

「與年齡無關。也有更簡單的開門法。」

「有嗎？」

「既然沒有被撬開的痕跡，叫人從屋內幫忙開門就好。」

黑緒豎起食指挺起胸膛。白夜下意識皺眉。

「叫誰開門？」

「住在裡面的人。如果凶手是當時在場的某人，也許可以找個理由叫人幫忙開門。」

「妳的意思是，門是佳彌小姐或惠實里子小姐開的？那樣太奇怪了。假如犯人是佳彌小姐放進來的，她應該會跟警察說什麼。啊，會不會她跟其他人是共犯？」

「我剛才也說過，讓自己放進來的犯人在自己旁邊殺死惠實里子小姐，未免太蠢了。不如趁自己不在家的時候讓對方動手，或者直接把惠實里子小姐帶到其他地方。」

「所以是被殺害的惠實里子小姐本人開的？惠實里子小姐說不定知道犯人是誰，這樣她還會幫犯人開門嗎？不僅如此，電鈴一響佳彌小姐就會發現。犯人要怎麼叫她開門？」

「事先叫她開門不就得了。之後再看準時間潛入惠實里子小姐家。」

「是可以，那犯人怎麼說服惠實里子小姐的？」

「問題就在這裡。」

黑緒困擾地聳了下肩膀。白夜看向手中的手機，想到一個可能性，同時又覺得不可能有那麼扯的事。

「用手機聯絡，之類的。」

「惠實里子小姐只是小學生耶。」黑緒瞪大眼睛。

「現在的小學生都有手機啊。」

「我都不知道。時代變得真方便。」

黑緒感慨地說，彷彿是出生在沒有手機的時代的老人。

「不過，就算她有手機，犯人怎麼跟她交換聯絡方式的？」

經她這麼一說，白夜才猛然驚覺。他剛剛才說過惠實里子如果知道犯人是誰，就不會開門，怎麼可能將聯絡方式告訴犯人。更進一步地說，這樣還會留下通訊紀錄，成為搜索犯人的線索。

藥袋跟八月朔日都完全沒有提到手機，搞不好是惠實里子沒有。仔細一想，生活困頓的佳彌子應該不會有錢買手機給小孩。

「為了以防萬一，去問八月朔日先生惠實里子小姐有沒有手機吧。之後再想他們是怎麼交換聯絡方式的。」

「知道了。我去問問看。」

「麻煩你了。問完就出發。先吃午餐，再去離這裡比較近的周防家。」

白夜傳簡訊請八月朔日幫忙確認惠實里子有沒有手機，開車移動到下一個地點。

2

吃完午餐，兩人前往周防家，於下午一點抵達。

白夜猜測這個時間他們很可能醒著，按下電鈴，馬上有人接聽。是吉永。

「午安。剛才承蒙關照了。請問亞美小姐在嗎？」

『夫人嗎？那個，請問有什麼事？』

「我想跟她談談真珠小姐的事件。」

『請稍等。我去徵求她的許可。』

對講機掛斷了。兩人乖乖站在門口等待。

大約五分鐘過後，對講機終於傳出吉永的聲音。亞美願意見他們。大門自動開啟，邀請兩人進去。

兩人又踏上了今天凌晨十二點走過的道路。白夜再度後悔沒有把車開到這邊。他忘記得走一段距離才能進到屋內，又把車子停在大馬路旁邊的停車場。

吉永站在門口，跟第一次見面時一樣，鞠躬迎接兩人。她抬起頭，臉上帶著一絲倦意。必須負責做家事的吉永，搞不好到現在都沒睡。

「夫人在會客室。」

「在那之前，我有點事想請教您。」

「我嗎？」

黑緒叫住正準備開門的吉永。吉永左顧右盼，比起害怕，看起來更像在納悶有問題要問自己。

「真珠小姐遇害時，聽說您在一樓的廚房。」

「是的。我在準備晚餐，好讓夫人和少爺他們在六點半開飯。」

「您幾點進入廚房的？」
「那一天，我買東西買得比較久，記得是四點十分左右。不過，我基本上都是四點進廚房。偶爾會因為購物或處理老爺、夫人交代的事情拖到一些時間，最晚不會超過四點半。」
「進入廚房前，有沒有發現什麼異狀？」
「沒有任何異狀。」
「有鎖門嗎？大門也都有關起來？」
「是的。因為老爺對鎖門很要求，每天都會叮嚀就算家裡有人，門還是要鎖好。所以經過大門前，還有突然想到的時候，我都會去檢查，以免忘記鎖門。」
「關於家裡的鑰匙，我聽大和先生說了，大和先生和亞美小姐各有一把，剩下一把在家裡。請問放在哪裡？」
吉永面露困惑，好像在猶豫該不該把家裡的事透漏給外人知道。女傭會這樣想很正常。
「那個，為什麼要問這個？」
「我們也在私下調查真珠小姐遭到殺害的事件。傀裡儀式被打斷了，必須查明原因。而且，我們什麼忙都沒幫上。因此我想至少幫忙抓住犯人，以排解亞美小姐的憂傷，讓真珠小姐走得沒有牽掛。」
黑緒的語氣熱情得如同充滿正義感的刑警。白夜瞇眼心想，這個可惡的詐欺師。吉永似乎被騙過去了，以為黑緒是懷著純粹的心情在搜查，很感動的樣子。

「所以需要跟相關人士問話，收集線索。啊，順帶一提，剛才我還有去跟大和先生聊過。他也希望我們快點找到殺害真珠小姐的犯人。」

大和並沒有真的說過這句話，但他應該是這樣想的沒錯。吉永聽了立刻露出笑容。

「那就拜託兩位了。真珠小姐還那麼年輕，就遇到那種事。」

吉永的眼眶微微泛淚。黑緒像在對吉永的悲傷感同身受般，點了下頭後再度詢問：

「那麼，鑰匙放在哪裡呢？」

「放在家事室。」

「有誰知道這件事？」

「家裡的人都知道。」

「放在家事室的鑰匙會拿來用嗎？」

「大部分都是在我外出購物時使用，其他人很少用到，因為我一定會去門口負責接送。事發當天，我出去買東西的時候也有用到。我在四點十分左右回到家事室，接著前往廚房。之後事件就發生了，老爺覺得家裡的門明明有鎖好，犯人還能鎖門後再離開很奇怪，我便檢查了一次。我親眼確認過鑰匙放在家事室。所以，真的不知道犯人動了什麼手腳。」

吉永用食指指著自己的眼睛。眼角有皺紋的大眼，訴說著自己不會記錯。

假如凶手是外面的人，他要如何鎖門？犯人果然是家裡的人嗎？白夜想起周防家的鑰匙不能輕易複製，看著門口思考。

「那扇門手動也開得了嗎？」

黑緒回頭指向保護這個家的大門。

「只要門沒鎖，用手也打得開。可是門基本上都是鎖住的，我認為有難度。」

「哪裡可以打開門鎖？」

「那扇門是用按鈕開啟的。按鈕設置在家事室的對講機旁邊和大門口。大彌少爺他們沒帶鑰匙的時候，會由我幫忙開門。」

「回家時按電鈴請妳幫忙開門嗎。這棟房子這麼大，聽得見電鈴聲？」

「電鈴一響，手機會收到通知，也可以接聽對講機。以前是把能夠隨身攜帶的電鈴接收器放在口袋，但這樣就算知道有客人來，也不能接聽，只能走去設置對講機的地方。家裡很大，常常來不及，我總是被搞得頭很痛。現在這個時代真方便。」

吉永從口袋裡拿出智慧型手機，撫摸螢幕，揚起嘴角深深一鞠躬。白夜想起今天警察來的時候，她好像也有拿手機接電話。

「那真是太棒了。您工作起來也會比較輕鬆吧。不過，要是停電怎麼辦？」

電子鎖給人一種停電就不能用的印象。即使家裡有人，停電時按按鈕也打不開吧。

然而，似乎是他們在杞人憂天。

「就算停電，裡面也有裝電池，所以不用擔心被鎖住。」

「真令人放心。順便請教一下，當天有客人來訪嗎？」

「沒有。」吉永搖頭回答。

黑緒用食指抵著下巴，做出思考的動作。大概是覺得有客人的話，犯人可以跟他一起混進來。但周防家的門窗都有上鎖。即使穿過外面的大門，之後又要怎麼辦？該如何潛入家中？

「您說您當時待在廚房，有沒有聽見什麼聲音？」

「不清楚。畢竟我所在的廚房在靠裡面的位置。」

廚房跟真珠的房間是反方向，位於對角線，而且還分別在一樓跟二樓，應該很難聽見真珠那邊的聲音。如果這棟房子跟一般的透天厝一樣大，或許會有人察覺異狀。家裡太大也不一定好。

「想跟您打聽一下亞美小姐的事情，三個孩子之中，她特別疼愛真珠小姐對吧。」

「因為真珠大小姐很像夫人。大彌少爺跟紅玉大小姐因此非常寂寞。」

「他們三個感情如何？會吵架嗎？」

「以前曾經看過，最近這幾年倒是沒有。吵架的話被罵的會是大彌少爺和紅玉大小姐，所以大彌少爺會選擇退讓，紅玉大小姐和真珠大小姐快要吵起來時，他會安撫紅玉大小姐。身為兄弟姊妹卻受到差別待遇，我也覺得很可憐，可是真沒想到真珠大小姐會在那種情況下離開……」

這個家裡沒人站在大彌跟紅玉那邊嗎？小孩子本來就會想跟父母撒嬌，得到認同，所有的愛卻通通集中在真珠身上，他們照理說會相當不滿。白夜也將自己的過去跟大彌和紅玉重疊在一起，感到同情。

「就您看來，真珠小姐是什麼樣的人？」

「她非常可愛。天真爛漫，人人都喜歡她。我也是其中之一，真珠大小姐經常找我聊天。她還送過我四葉幸運草。真的很可愛……啊，當然，大彌少爺和紅玉大小姐也很關心我，兩位也是我非常珍視的人。」

吉永珍視大彌跟紅玉應該是真的，但那三個人在她心中似乎有排序，吉永聊到真珠時，表情十分溫和。搞不好跟大彌和亞美一樣，格外關照真珠。

「大家感覺都特別寵真珠小姐呢。」

吉永睜大眼睛，卻沒有否定。

「是啊。我或許也在無意識間變成那樣了。不過，只有武藏先生會平等對待大彌少爺、真珠大小姐、紅玉大小姐。我認為是託武藏先生的福，大彌少爺和紅玉大小姐才沒有自暴自棄。」

「武藏先生嗎？」

「武藏先生從小就是溫柔的人。看到大彌少爺和紅玉大小姐現在的處境，他應該會覺得彷彿看到年幼的自己，心裡很難受吧。」

聽見這句話，白夜腦中浮現武藏這個人。他給人一種有點乖僻，難以接近的印象。再加上有可能是殺人犯，說他溫柔實在令人存疑。

「這樣呀。亞美小姐說犯人是武藏先生，您有什麼看法？」

「我覺得不是。硬要說的話——」吉永左右張望，把手放在嘴邊悄聲說道：「夫人比較可疑。」

她是真珠的母親，看起來比誰都還要難過。真沒想到會提到那個名字。白夜大吃一驚，黑緒卻鎮定地點頭。

「為什麼這麼想？」

「夫人曾經以演員之路為目標。可是，聽說她受到父母的反對，放棄了夢想。真珠大小姐長得跟夫人一模一樣。因此，夫人似乎想將自己沒能實現的夢想託付給真珠大小姐，這半年來開始認真教育她。」

「是藝能方面的教育嗎？」

「是的。不過，那個，硬要說的話，真珠大小姐好像更喜歡畫畫或看書。上課前她總是會說不想上課。夫人經常責備真珠大小姐，有時還差點對她動粗。真珠大小姐的事情全是由夫人決定的，房間也一樣。但她看都不看那些東西，動不動就會把夫人放的裝飾品收進衣架底下或櫃子裡，彷彿要把它們藏起來……」

這就是真珠的房間內側與外側給人的印象成對比的要因嗎。衣服和房間裡的裝飾，八成全是亞美的興趣，而真珠並不喜歡。所以一個房間給人的印象才會差那麼多。

看到亞美就能立刻明白，她無法接受別人不按照自己說的做，但她竟然連對待真珠都是這個態度，著實令人驚訝。

「她感覺挺易怒的。」

「是的。夫人剛嫁進來時，真的脾氣很好，是位尊敬丈夫的妻子，可是自從老爺的公司經營出現困難，接受夫人娘家的支援，她的態度就愈來愈高傲，現在老爺跟婿養子一樣無地自容。」

吉永忿忿不平地說。身為長年服侍周防家的人，看到外人的架子那麼大，想必不會好受。她說不定會有種當婆婆的感覺。

「對了，凌晨四點解散後您就一直沒睡嗎？」

「不。六點多，送所有的警察離開後，我有睡到九點。」

「睡不到三小時的意思。那還真累人。之後您都在做什麼呢？」

看來黑緒沒打算提到惠實里子的事件。新聞應該還沒報，所以要是吉永有什麼反應，即可推測她就是凶手。然而，吉永似乎在疑惑為何要詳細詢問與事件無關的問題。

「九點半會有清潔人員來，我在接待他們。警察說要讓現場維持原狀，所以我請過來的清潔人員回去，接著準備午餐。」

「辛苦您了。啊，不好意思，突然問那麼多問題。我只是覺得女傭好辛苦。」黑緒向她一鞠躬。「不快點去的話，會讓亞美小姐等太久。」

吉永聽了恍然大悟，急忙打開家門。

3

來到會客室，亞美坐在跟初次見面時同樣的地方。寬敞的會客室裡只有一個人，即使有華麗的家具也會顯得冷清。

「讓您久等了。」

白夜模仿黑緒，跟著低下頭。亞美雙眼無神，指向前方的座位。黑緒坐到她指定的座位上，白夜見狀也坐了下來。

待在門前的吉永行了一禮，走出會客室，室內只剩下亞美、黑緒、白夜三人。

「協會的人有什麼事嗎？」

最後一次見面時，她明明還表現得溫柔婉約，現在態度卻如此冷淡。八成是想起有人推測遺體之所以遭到破壞，是因為福音協會的人在現場，重新燃起了恨意。

然而，白夜覺得那冰冷的態度有點假。是因為聽吉永說過亞美以前想當演員嗎？他懷疑她是不是在演戲。

「幫不上忙，我們也非常難過。我們也想揪出殺害真珠小姐的犯人，多少派上一點用場。」

亞美露出似笑非笑的笑容，手指不耐煩地用固定的節奏敲打桌面。

「外行人在玩偵探遊戲？好玩嗎？」

「我們怎麼敢把這當成遊戲看呢。一次還不夠，竟然殺了真珠小姐兩次，我無法原諒犯人。我想快點抓到他，為此需要線索，所以我們才會來找您，跟相關人士打聽情報。」

「誰知道妳說的是不是真的。搞不好是你們害真珠又被殺掉。」

「您說的是刻耳柏洛斯嗎。他們確實視我們福音教會為敵。可是，我認為這起事件不是刻耳柏洛斯下的手。」

亞美的眉毛、眼睛、嘴角都緊緊繃起，不悅地瞪向黑緒。

「妳在說什麼？妳想說這跟你們無關嗎？」

「不是的。但我認為殺害真珠小姐的犯人，很可能是為了隱瞞自身的罪行。我記得您在懷疑武藏先生。為什麼要懷疑他？」

「什麼為什麼，他就是罪犯啊。」

亞美仰望天花板。那個方向是武藏的房間。感覺得到她打從心底相信武藏就是犯人，毫不懷疑。

「因為他曾經犯下誘拐事件嗎？」

「不只這樣，還有其他理由。我以前進過那個人的房間，看到書架上放滿主角是小孩子的卡通……真恐怖。」

「卡通嗎？」

「他一定是所謂的蘿莉控。因為，大多是小學女生變身戰鬥的卡通。我搜尋過作品名稱，嚇死人了。有看起來像裸體的變身畫面，還有看得見內褲的。總之很暴露。他一定會為那種東西感到興奮。還有被虐待的小孩是主角的作品喔。他說不定還是虐待狂。」

亞美抱著手臂摩擦，放大的瞳孔表露出對武藏的厭惡。

白夜猜想，武藏常看那類型的動畫，該不會是把過去的自己投射在主角身上，沉浸在自己小時候過得還比他們好的優越感之中，或是在心裡找出那些角色依然胸懷希望的故事，試圖拯救當年的自己？

白夜是因為聽大和跟吉永提過武藏的童年經歷，才忍不住這樣猜。假如他不知情，搞不好會像亞美一樣覺得武藏噁心。

白夜常把自己投射在其他人身上。因為他自己有缺陷感。無時無刻，年幼的自己都在心中哭泣。看到主角跟自己境遇相似的漫畫及小說，會忍不住拿起來看。設法讓自己產生「啊啊，我過得比那個人好」的優越感，始終在思考要如何打破現狀。選擇死亡後，他依然找不到答案。

「您知道武藏先生過去的經歷嗎？」

「知道。他跟外子不同，做事不得要領，受到我公公的虐待對吧。或許就是因為這樣，才會憎恨小孩。小時候受過虐待的人，性格不是會變凶暴嗎？啊——好可怕。」

「但您那三位孩子，好像滿親近武藏先生的。」

「是誰說的？我從來沒看過他們跟武藏先生在一起。」

純粹是在亞美面前，孩子不會去找武藏說話吧？

亞美眼裡只有真珠，應該沒什麼在關心大彌跟紅玉。既然如此，她很有可能沒發現兩人跟武藏關係不錯。三個孩子之中只顧著關心其中一個，卻一副無所不知的態度，令白夜心生反感。

「您似乎最疼真珠小姐？」

「有嗎？」亞美將視線從黑緒身上移開，接著像放棄辯解似的點了下頭。應該是想起黑緒離開前，跟她講過要多加關心大彌和紅玉。

「是啊。嗯，我最疼的就是真珠。因為那孩子很像我。妳也這麼覺得吧？那孩子總是會跑來跟我撒嬌。在學校發生的事，什麼都會跟我聊。」

亞美看著遠方輕聲說道，回憶往昔。她的眼眶再度泛出淚水。亞美的眼睛有如永遠不會乾涸的湖泊。

「聽說您叫真珠小姐以後去當演員？」

「哎呀討厭。誰跟妳說的？」

「吉永小姐。您自己也曾經想當過演員呢。」

「真是的，吉永小姐怎麼這麼愛聊。差不多到國中時期為止，我都還懷著這個夢想。但家父反對，最後只好放棄。」

「真珠小姐有希望成為演員嗎？」

「有。」亞美堅定地斷言。「因為她是我的孩子。」

僅僅是基於「她是我的孩子」這個自我中心的理由，而不是因為真珠有才華。她是想說她們母女倆是一心同體嗎？真珠的心情被徹底無視。白夜感到憤怒，在桌子底下握緊拳頭，抑制住了怒火。

「真珠小姐也想當演員嗎?」

聽見黑緒的問題，亞美挑起一邊的眉毛。她尷尬地收起下巴，卻馬上斷言「沒錯」。光這個反應就看得出，真珠對此並無興趣。

「我聽吉永小姐說，比起當演員，真珠小姐感覺更喜歡接觸繪畫及文字，實在不像您說的——」亞美發出聲音站起來。氣勢洶洶的表情，令剛才美麗的形象蕩然無存。

「妳一直只會否定我說的話，難道是在懷疑我?」

「您是來委託福音協會的人，比誰都還要希望真珠小姐復活。這樣的人不可能殺害真珠小姐。因為若是您殺了她，只要假裝難過就行，用不著委託福音協會。特地叫傀裡師來，破壞真珠小姐的遺體，沒有任何意義，一個弄不好反而會是露出馬腳的主要原因。我只是想知道真珠小姐是什麼樣的人。」

亞美一臉無法完全相信的樣子，瞪著黑緒坐回椅子上。黑緒沒有害怕她懾人的視線，繼續詢問。

「是誰介紹您來找福音協會的?」

「誰?」她的瞳孔忽然不停左右移動。「是外子。」

「大和先生是聽誰說的?」

「這不重要吧。」

亞美別過頭，態度可疑到讓人懷疑，她是不是知道武藏委託過流浪傀裡師?

她知道武藏跟犯罪事件有關，委託過流浪傀裡師，出於心虛緘口不語。白夜不禁這麼想。

「是武藏先生對吧。」

亞美沒有回答，而是用眼神做出反應。等於是在承認。黑緒在亞美開口前說道：

「武藏先生勸大家中止儀式時，您在肯定傀裡的同時責罵他。當時我就覺得奇怪。沒有親眼看過傀裡的人，大家都半信半疑。您是否知道傀裡的力量確實存在？」

「怎麼可能。再說，那起誘拐事件是犯罪未遂，沒必要繼續干涉吧。」

「我完全沒提到武藏先生讓誘拐事件的那孩子復活喔。」

亞美愣住了。她八成想說自己什麼都不知道。亞美似乎會因為一時激動，不小心把不用說的話說出口。就像她為了責備武藏，將那起誘拐事件也說出來一樣。

「啊，是我太多嘴了。沒錯，武藏先生復活了他誘拐的那孩子。我沒有親眼看到，是聽見武藏先生跟大和在聊這件事。原本以為是騙人的，不過，我看到那孩子去世的新聞……」

「犯人是死者的父親，您懷疑的卻是武藏先生。所以您覺得殺害真珠小姐的也是武藏先生，不是嗎？」

「對。大和聽武藏先生說他發現了那孩子的遺體，找人幫忙傀裡，似乎相信了，但直覺告訴我，是武藏先生殺了她，為了隱瞞事實才委託傀裡師。」

「那您還跟他住一起？」

「沒辦法。我也不想，可是外子說如果我不能接受跟他住，就自己搬出去。」

「武藏先生是委託流浪傀裡師，您又為什麼會來找福音協會呢？」

「我不知道那什麼流浪傀裡師的聯絡方式。或許可以直接問武藏先生，可是我不想拜託他，就去委託偵探，對方跟我說與其委託流浪傀裡師，找福音協會比較安全。就是這樣。」亞美縮起肩膀，像在觀察黑緒的反應似的詢問她：「比起這個，妳也覺得犯人是武藏先生對吧？」

「還不清楚。因為我沒跟所有人打聽詳情。」

得不到她的附和，亞美鼓起臉頰。黑緒無視亞美孩子氣的部分，繼續提問。

「案發當天，您說您在跟人開茶會，是什麼樣的聚會呢？」

「每個禮拜五下午三點開始。大多會開兩到三小時。只是輪流去所有人家聊天而已。拿照顧小孩時遇到的煩惱出來跟大家商量，或者放鬆心情。平常我會請老師到家裡幫真珠上課，星期五休息，所以我也會參加茶會。」

「聚會日期是固定的呀。有哪些人參加？」

「小孩跟真珠同年的坂田小姐、兩個孩子已經成年的，原本是保姆的夏井小姐、孩子正在念高中，策畫這個活動的小木小姐，加上我共四個人。大家都住在附近。那天是在隔壁三棟的小木小姐家開茶會。」

白夜感到疑惑。黑緒也想到同樣的事，詢問亞美：

「佳彌小姐不在其中呢。」

「……我們的女兒關係不錯，佳彌小姐的觀念卻跟我不太合。真珠就讀的小學是私立學校，所以我本來以為會慢慢疏遠，佳彌小姐卻勉強讓惠實里子念跟真珠同樣的學校。傷腦筋。」

亞美深深嘆息，一副打從心底反感的樣子。

佳彌有受邀參加傀裡儀式，亞美看起來又不太在意佳彌打扮得跟自己很像，白夜還以為她們感情肯定也不錯。

找她來參加儀式是為了女兒嗎？她可能是覺得醒來時有認識的小孩在，真珠也會比較高興。

「而且，惠實里子好像有受到霸凌。那樣的小孩怎麼可能跟真珠合得來。所以，我設法叫真珠別再跟她一起玩，真珠卻不肯聽話……」

「您是從誰口中得知惠實里子小姐受到霸凌的？」

白夜想起藥袋說過惠實里子身上有瘀血。搞不好是被霸凌的痕跡。跟這起事件有關嗎？

「坂田小姐親眼看過。那一天，坂田小姐說她有事，茶會晚到了一個半小時。她說她看到有男生對惠實里子潑水。疑似還有其他人。另一個人躲起來了，她沒有看見，不過男生穿著黑色的制服，一定是國中生。佳彌小姐家附近有一所公立國中，說不定是那所學校的學生對她做了什麼。」

她的語氣聽起來毫不在乎。看來對亞美而言，真珠以外的孩子沒有關心的必要。白夜心想「裝出有點難過的樣子又不會少一塊肉」，好不容易忍住不要面露嫌惡。

「這樣呀。」黑緒嚴肅地點了下頭，把話題拉回來。「您在開茶會的時候，有暫時離席去接　電話。大概是在幾點？」

「四點半左右。我也只離開了十分鐘，要在這段期間來回，不太可能吧？茶會是在客廳舉辦的，我在旁邊的房間講電話，絕對不可能偷溜出去。畢竟去門口的途中一定得經過客廳。」亞美邊說邊不悅地板起臉。「妳果然在懷疑我吧。」

「不是的。只是在想您會不會因為某些原因暫時回家，發現什麼異狀。」

「哎呀，是嗎。」

亞美恢復剛才的表情，挺直前傾的上半身端正坐姿。

「這個嘛，有異狀的話我也很想告訴妳，可是我真的沒回家。而且，那天一切都一如往常。頂多只有真珠來跟我撒嬌，我一直走不出家門。呵呵。她總是這樣，開茶會前會吵著要我不要去。真珠真的很喜歡我，害我很傷腦筋。可是，我也有自己的交友圈。所以我每次都會設法安慰真珠才出門參加茶會。」

想起真珠生前的模樣，亞美的表情變得柔和。臉上洋溢著慈愛之情，母性十足。

「真是可愛又任性的要求。」

亞美呼出一口氣。

「對呀。不過，再也看不見了。好寂寞。」

「您不是還有大彌先生和紅玉小姐嗎？」

「他們兩個當然也很可愛。但我還是最愛真珠了。」

大彌和紅玉會有得到母愛的一天嗎？白夜在亞美背後看見兩人寂寞的幻影。現在的亞美，肯定不會注意到兩人的視線。這該有多辛酸啊。

「這樣呀。話說回來，聽說警察在這裡待到了六點，您有休息到嗎？」

「一閉上眼睛，就會想到真珠……外子好像有睡，我卻怎麼樣都睡不著。有部分也是因為頭會痛。」

「您會偏頭痛呀？」

「對，可是當天特別嚴重。唉唷，還不都是因為枝奈子小姐。她身上的香水味超重的。」

義純說他不小心打翻香水，沒時間換衣服只好直接過來。味道確實很重。白夜在心中對亞美表示贊同。

「的確。」黑緒用力點頭。「適量的話，香水還是挺香的。」

「對呀。真是的，都是因為義純要送她香水。那個人平常又不會噴香水。做跟平常不同的事，就是會變成這樣。而且還是在我寶貝的真珠的告別式出這種錯。守夜的時候她明明就沒噴。為什麼要在告別式，而且還是讓真珠復活的日子噴那種東西？通常參加葬禮時不噴香水，才符合禮節吧。那個人連這點禮貌都不懂。」

「枝奈子小姐平常不會噴香水嗎？」

「我沒看過——不對，是沒聞過。她是個不起眼的人。沒必要用那種東西。唉，義純怎麼會選那種對象。」

亞美按著太陽穴搖頭。由此可見，她對枝奈子沒有好感。想必是平常就沒在掩飾。因此在白夜他們面前，她才敢面不改色地表現出那個態度。

「因為，那個人一天到晚都穿著暗色系的衣服，連我看了心情都跟著變憂鬱。義純說他對她一見鍾情，向她求婚，絕對是枝奈子小姐動了什麼手腳。否則義純才不可能跟那麼不起眼的人結婚。他在學時期是田徑社社員，跑得很快，所以非常受歡迎。裡面也有配得上義純的人，她卻選了加奈子小姐，真傷腦筋。而且他們都結婚五年了，還沒有要生小孩的跡象。南方家沒有繼承人，太奇怪了吧。枝奈子小姐還沒有其他家人。不生小孩，她將來打算怎麼辦？可別跑來靠我們家啊。」

說著說著，她對枝奈子的怒火就爆發了，跟機關槍一樣停不下來。白夜本來擔心她會不會連床事都拿出來講，幸好黑緒自然地切換話題，才不用聽她講那些。

「今天您一直待在房間嗎？」

亞美看似還沒講夠，但她依然回答了這個問題。

「在房間發呆。七點叫外子起床，七點半左右送他出門，然後再回房間繼續發呆。一點都不想動。」

「除了大和先生，還有人離開這個家嗎？」

「大概沒有。兩位孩子學校都請假，吉永小姐應該要負責接待清潔人員。武藏先生……不知道他在做什麼。不如說不想知道。」

亞美小題大做地搖搖頭。武藏、大彌、紅玉、吉永，都離亞美的房間有段距離。想靜靜離開家裡也不是辦不到。

「我明白了。謝謝您願意忍著悲痛跟我說這些。」

黑緒彬彬有禮地鞠躬。口袋裡的手機震動起來，彷彿在等待對話結束。白夜拿出手機偷瞄螢幕，是八月朔日打來的。

他先說了句「不好意思」，走到房間的角落接聽電話。

內容與惠實里子的事件有關。白夜聽著聽著，忍不住驚呼出聲。因為他獲得了新情報。

大約三分鐘過後，白夜掛斷電話，把手機收進口袋。他轉頭望向黑緒，然後看了面色擔憂的亞美一眼。他做了個深呼吸，走近黑緒，用亞美聽不見的音量傳達八月朔日提供的情報。

惠實里子是在有意識的狀態下被殺的。耳朵後面有抓傷，是稍微抵抗過的痕跡。

身上的複數瘀血則與這起事件無關，是以前留下的。原本懷疑是遭受虐待，不過周圍的居民看過年紀大概是國中生的男孩欺負她，推測是當時留下的痕跡。

從手指的斷面來看，跟破壞真珠遺體的是同一種凶器。

警方對放在桌上的罐裝啤酒做了藥物測試，驗出安眠藥的成分。睡在旁邊的佳彌之所以沒發現，是因為服用了安眠藥。然而，佳彌沒有吃安眠藥的習慣，也沒有買過。警方找到藥包的碎片，查出那種安眠藥並非市售品，而是要有處方箋才能買到的藥物，因此有可能是被人下了藥。

惠實里子沒有智慧型手機——

白夜將所有的情報傳達完畢後，黑緒咕噥道「原來如此」。亞美大概是感覺到事態非同小可，不安地詢問發生什麼事。黑緒鎮定地回答：

「其實，警方在上午十一點發現仁川惠實里子去世了。」

亞美臉頰抽搐，呻吟出聲。

「為什麼……」

「疑似被人殺害。那個，我想請教一下，今天在場的人中，有人會服用安眠藥嗎？」

亞美感到疑惑。「我想只有我一個。」

白夜心想，若對方是亞美，就能在不受到戒備的情況下對佳彌下藥。

雖然黑緒說是惠實里子讓犯人進屋的，換成佳彌更合理。佳彌想必會直接幫亞美開門，毫不起疑。只要趁佳彌沒注意的時候把安眠藥加進罐裝啤酒之中，等她睡著再勒死惠實里子即可。

可是，佳彌沒跟警察說亞美來過她家。是在包庇她嗎？儘管是崇拜的對象，正常人會包庇殺死女兒的犯人嗎？

白夜腦中一團混亂。黑緒冷靜地繼續跟亞美交談。

「您吃的是哪種安眠藥？」

「酣樂欣。真珠死後我就開始失眠，四天前剛請醫生幫我開處方箋。」

跟八月朔日說的是同一種藥。該不會。白夜愈來愈懷疑亞美。

「平常藥都放在哪裡？」

「我的寢室。」

「您記得有多少顆嗎？」

「妳的意思是，我的安眠藥被拿去用了？」

「不好說。我想確認一下，方不方便跟您一起去房間？」

亞美困惑地答應了。

在她的帶領下，三人快步前往位於二樓的房間。爬上樓梯，通過夾在衣櫃和兒童房之間的細長走廊，進入房間後，亞美站到房間右後方的梳妝台前，搜起由下數來的第二個抽屜。她拿出一個感覺會拿來裝寶石的小盒子，打開蓋子。

「奇怪。」亞美的聲音在顫抖。

「怎麼了嗎？」

「少了一天份。總共有十天份，我只吃過兩次而已，這裡卻只有七天份。」

雖然不能排除她是在故作驚慌的可能性，也有可能真的是被人偷走。亞美剛才是直接開門進屋，證明她平常就沒鎖門，誰都有辦法偷走。

「有人知道您會服用安眠藥嗎？」

「今天到場的人都知道。因為昨天吃晚餐時我有聊到。」

「知道安眠藥放在哪裡的人有誰？」

「只有外子。」

「昨天和今天，有人去過二樓嗎？」

「沒有吧。晚餐前後，所有人都待在同一個地方。大家都上過一、兩次廁所，但不到五分鐘就回來了。」

「所有人都知道這棟房子的格局？」

「佳彌小姐和優香小姐以外的人應該都知道。義純跟枝奈子小姐常來玩。」

就算知道這棟房子裡有安眠藥，要找也要花時間。如果不曉得安眠藥放在哪裡，與其去偷，直接買市售品不是更保險？犯人之所以沒那麼做，肯定是因為當天才決定動手。這個事實明確地指出，犯人就在前來參加傀裡儀式的人之中。

「謝謝您。凶手用了安眠藥這件事，可以請您保密嗎？」

「為什麼？」

「警方好像只找到藥袋的碎片。犯人把藥袋帶回去了。不過，他疑似忘了回收其中一部分。犯人不知道這件事。說不定能在哪裡派上用場。」

「知、知道了。」

「謝謝您。對了，我可以去找武藏先生問話嗎？」

「我無所謂。」

亞美關上寢室的門，走近武藏的房間，神情嚴肅地敲門。門後傳來低沉的聲音。武藏似乎在房內。

「九十九小姐他們有事要找你。」

大約等了兩分鐘，房門終於打開。

4

武藏代替亞美，與兩人一同回到會客室，坐在兩人對面。武藏坐的位子跟之前一樣。亞美也是，看來他們有固定的位子。

「要問什麼？」

武藏不耐煩地搔著頭。黑緒面帶微笑點頭致意。

「關於真珠小姐的事件，有幾個問題想請教您。案發當天，您好像待在房間，請問您在做什麼？」

武藏明顯露出厭惡的表情，視線由下往上移動，瞪著黑緒。

「妳是宗教團體的人吧。為什麼要問那種事？跟妳有什麼關係？」

「我們什麼忙都沒幫上，所以我想說希望至少能幫忙解決事件。」

「你們嗎？只會害狀況更混亂吧。」

武藏毫不掩飾他的反感。比起討厭別人來跟他打聽真珠的事件，看起來更像討厭看到黑緒他們。銳利如針的目光刺在身上，白夜別過頭，逃避武藏的注視。

「我們會小心不要添亂。」

「真的嗎？我可是知道的。你們會拿別人的死來賺錢。亞美小姐到底在想什麼。」

他嗤之以鼻，輕蔑地抬起下巴。黑緒沒有反駁，而是附和道「您說得對」。武藏似乎看不順眼她這個態度，語氣變得更加粗暴。

「再說，復活死去的人根本該遭天譴。那個行為等於是硬把他拉回這個世界，不顧已經安息的死者的心情。萬一對方不想回來怎麼辦？不想見到還活著的人怎麼辦？復活人的那一方倒樂得輕鬆。可以沉浸在自我滿足的心情之中。死去的人呢？

假如他過世的時候毫無留戀，見到還在人世的人，說不定會害他產生留戀。這樣死者不就無法成佛了嗎？」

白夜明白武藏想表達的意思。這個行為並不尊重死者的心情。可是，這也沒辦法。人類在死去的瞬間就會失去人權。剩下的只有「人」這個形體。

倘若這個世界是死者的世界，應該會以死者的意志為重，但白夜他們活在生者的世界。既然如此，尊重生者的意志也是理所當然。

「您試圖阻止傀裡，是出於這樣的想法嗎？」

「就算復活，真珠一定也不會高興。那孩子確實被許多人所愛。不過，人一旦死去，就再也得不到那些愛。這樣還要復活她，未免太可憐了。」

「您很重視真珠小姐呢。」

「那當然。她可是我的姪女。不只真珠。大彌和紅玉也同樣重要。」

「可是在三個孩子中，真珠是最受寵愛的。您不也一樣嗎？」

「別把我跟那女人相提並論。我對他們是一視同仁。沒有偏袒任何一個人。」

武藏放在桌上的手緊緊握拳，似乎不能接受別人覺得自己偏心。感覺他的怒火燒得更旺了。

「話說回來，五年前，您想誘拐的小孩去世時，您跑去委託了流浪傀裡師呢。」

武藏立刻臉色大變，如同做壞事被發現的小孩，坐立難安。

「為什麼？因為是您殺的嗎？」

「不是。」他急忙搖頭。「我到的時候她已經死了！」

真的嗎？白夜對此存疑。藥袋說凶手是那孩子的父親，但也有可能是冤罪。武藏慌張的態度並不尋常，顯得更可疑了。

「為什麼您沒能成功拐走她，還要去那孩子家？您不是被她的父親揍得很慘嗎？」

「我很擔心她。所以出院後，我馬上就跑去找她。結果太遲了……我知道是誰下的手。我很後悔沒有好好保護她。我想向她道歉。那時，我想到有人跟我說過有人可以讓死者復活，便去問了聯絡方式委託他。對方很快就來了。」

「您一下就結束了那孩子的傀裡。那孩子復活後，是不是被自己活過來嚇了一跳，害怕說不定會再次見到父親？所以您才會說死者未必會想見到生者。」

「對……不過不是我殺的。是真的！」

「我相信您。您沒有殺那孩子。因為，您都特地找傀裡師復活她了，警方發現時她卻是死亡狀態，一點意義都沒有。」

黑緒打從一開始就沒有懷疑武藏。白夜為此感到驚訝。

「為什麼要不惜做那種事?您和她沒有關係吧。是因為小時候，您也被父親虐待過嗎?」

武藏瞪大眼睛看著黑緒。他想到是誰告訴她的，哀傷地垂下視線。

「我哥跟妳說了嗎。沒錯。所以我才覺得，至少要有我站在孩子們那邊。」

白夜覺得眼前的武藏彷彿變得跟少年一樣年幼。他或許是不希望有跟自己一樣的小孩。因為這份心意太過強烈，才會在過去不小心引發誘拐事件嗎?

「真偉大。可是在旁人眼中，一眼就看得出您不喜歡亞美小姐。真珠小姐長得跟亞美小姐很像。您對亞美小姐懷著恨意，在某一個瞬間把她看成亞美小姐，失手殺了她。這樣想也不是說不通。」

黑緒的語氣依然平靜。武藏立刻漲紅了臉，破口大罵:

「妳想說人是我殺的嗎!」

「案發時間在這棟房子裡面的，只有吉永小姐、大彌先生、紅玉小姐跟您。房間通通有上鎖。既然如此，比起外人，更應該懷疑家裡的人。吉永小姐說她在廚房煮晚餐。她沒有殺害真珠小姐的動機。還是說，不是『我』的話，該去懷疑房間就在真珠小姐旁邊的大彌先生和紅玉小姐?」

黑緒搬出兩個孩子的名字，令武藏亂了手腳。他拚命為兩個孩子說話。

「為、為什麼會得出這個結論?他們還是小孩。不可能下得了手做那麼殘酷的事!」

「但您不覺得他們的房間靠得那麼近，什麼都沒聽見很奇怪嗎?還是您要說真珠小姐

是乖乖　被殺的?床都亂成那樣了。」

大彌跟紅玉的房間在真珠對面，中間隔著一條走廊。而且用來隔開大彌他們的房間的拉門，正中央是毛玻璃。有人經過應該會發現。

「他們不曉得是不是在包庇誰。」

黑緒觀察武藏的反應。武藏舉起拳頭砸向桌子。小孩子受到懷疑。他的太陽穴爆出青筋，否定黑緒的推測。

「講什麼鬼話，自己的家人被殺了，那兩個孩子是要包庇誰！他們當時在看動畫，沒發現也不奇怪。那兩個孩子每個禮拜都很期待，甚至會叫人不要在看動畫的時候打擾他們。」

小孩子的專注力確實很高。如果他們的視覺與聽覺都集中在看電視上，說不定會沒發現，除非弄出特別大的聲音。

不過，其中一人是國中生。而且還是看到一半才開始感興趣的作品，會沉迷到聽不見周圍的聲音嗎？

「那麼，您有沒有聽見什麼奇怪的聲音？」

白夜發現黑緒是故意提到大彌他們。武藏看起來就很頑固。若他知道自己在被懷疑，搞不好會堅持不肯透漏情報，搬出大彌他們的話，情況就不一樣了。為了證明兩人的清白，必須提供事件的情報。

「我一直待在房間，所以不清楚。我在房間工作。」

武藏的語氣稍微恢復平靜。黑緒也不再語帶責備，提出問題。

「事件發生的前後，有沒有什麼跟平常不一樣的事情發生？」

「沒有。」

「聽說您在大和先生的公司上班。是所謂的居家辦公呢。您平常都待在房間嗎？」

「我的工作是收集和分析資料，所以在房間也能做。我請我哥幫我調整成彈性工時，上午八點到下午五點是工作時間。吃完晚餐陪大彌跟紅玉念書。只有星期五會從五點開始陪真珠念書。」

「不是三個人一起呀？」

「他們三個的時間對不上。真珠大部分的時間都要上課，只有禮拜五有空。她的進度有點落後，其實最好吃完晚餐也來跟大家一起念書，不過她的母親很寵她，所以真珠不肯在晚餐時間後念書。我好不容易才說服她，把星期五吃晚餐前的那段時間拿來念書。」

真珠好像不喜歡念書。的確，愛念書的小孩跟抽到再來一根的冰棒同樣罕見，可是既然母親都允許她不用念書了，更不可能主動去念書吧。

雖說是姪女，竟然會為其他人的小孩做到這個地步，跟亞美比起來，武藏真的很關心孩子。白夜心裡湧現類似羨慕的情緒。

「就您看來，真珠小姐是什麼樣的小孩？」

「可愛的姪女。父母都很寵她，所以她有點任性，但這不影響她溫柔的個性。妳記得今天有來的惠實里子吧？那孩子好像不太會表達自己的意見，朋友也很少。真珠常約她一起玩。可能是把惠實里子跟紅玉重疊在一起了。她們內向的部分有點相似。」

武藏立刻回答黑緒的問題。聊到小孩子的時候，他會露出溫柔的表情。白夜心想，若能讓亞美看到，兩人之間的誤會是不是也能稍微解開一些？

「真珠小姐跟惠實里子小姐感情很好呀？」

「對啊。」

武藏爽快地回答。

「她們幼稚園就認識了。不過，那個人好像很不開心，動不動就說她們不適合。大人如果對小孩的交友關係說三道四，孩子會沒辦法自己交到朋友的。」

「的確。不要多管閒事，才是為孩子好。」

「哈。沒想到我會和妳意見相同。」武藏咧嘴一笑。「現在真珠走了，惠實里子不曉得會不會怎麼樣。」

「這話什麼意思？」

「我聽真珠說，惠實里子會受到霸凌。」

沒想到武藏也知情。真珠應該很信任他吧。黑緒故作無知，刻意發出驚訝的聲音。

「如果是真的，那還真討厭。您知道是誰欺負她嗎？」

「不知道。真珠好像知道，但她不肯告訴我。要是她跟我說，我就能想辦法處理了。算了，我會找機會代替真珠，去關心一下惠實里子。」

他會不會又像當初誘拐受虐兒童一樣，採用會釀成事件的解決方法？白夜感到不安。但他想到沒必要擔心這個。惠實里子已經死了。

武藏是明知如此還故意這麼說嗎？還是真的不知情，純粹在展現對孩子的慈愛？白夜無法推測武藏內心的情緒。

「武藏先生真溫柔。真珠小姐一定也會很開心。」

武藏微微露出笑容。看來黑緒不打算告訴武藏惠實里子遇害了。或者還不到時候。

「我也想為真珠小姐盡快解決事件。所以，可以請您告訴我五點多您去真珠小姐的房間時的詳細情況嗎？」

黑緒恭敬地低下頭。武藏一臉訝異，不過，他似乎知道黑緒不是在鬧著玩，斷斷續續地開始述說。

「那一天，真珠沒來找我，我猜測她睡著了，去房間接她。然後就看見她倒在房間。剛開始我還不知道她已經斷氣。繩子纏在她的脖子上，我以為她在跟我鬧著玩。因為她偶爾會做奇怪的惡作劇……大彌他們聽見我的聲音，有過來關心，可是我判斷不能讓他們看見，就把人趕出房間。接著我馬上叫了救護車，可惜救不回來。」

「您發現真珠小姐的遺體時，有沒有什麼異狀？」

「真珠死了。就這樣。」

武藏沉重的嘆息落到地面，短暫的沉默降臨。黑緒看準凝重的空氣稍微消散的時機，開口提問。

「對了，您們在食堂起口角的時候，您說過真珠小姐會怕枝奈子小姐，有什麼根據嗎？」

「真珠總是很有精神，義純先生和枝奈子小姐來家裡的時候，卻會變得很安靜。所以起初我以為她肯定不太喜歡那兩個人。不過我看見了。枝奈子小姐趁沒有任何人在看的時候，偷抓真珠的背。不只一次，有好幾次。還有拍她的手或用腳踩她。真珠會害怕枝奈子小姐。」

那叫虐待。枝奈子一臉溫和無害的樣子，沒想到這麼壞心。受到亞美激烈抨擊的枝奈子，跑去找真珠洩憤嗎？為了拯救受虐兒童，曾經犯下誘拐案件的武藏，當時有何感想？

「這件事還有其他人知道嗎？」

「我有告訴大哥。可是，結果他什麼都沒做。所以枝奈子小姐來家裡時，我都會待在真珠旁邊。其實我想做些什麼，卻被哥哥制止了。他說要是我輕舉妄動，會沒地方住。這樣更不能保護真珠。還有大彌跟紅玉……」

被趕出住處就沒轍了。這次他似乎有維持住理智。可是，只能眼睜睜看著真珠被欺負，該有多令人焦躁啊。即使如此，有個人能理解她的痛楚，真珠應該會心安許多。

「真珠一定很高興有您這樣的同伴。」

黑緒的語氣很溫柔。武藏被她的態度嚇了一跳，自卑地說：

「但我沒能保護她。」

「就算這樣，我相信您的心意會傳達給她。」

「謝謝。老實說，我討厭那個人。不只是因為真珠的關係，我討厭那個人的個性。」

「枝奈子小姐的個性嗎？」

「那個人總是對義純先生言聽計從。義純先生跟她講什麼，她都只會笑著回答『好』。一想到她搞不好是拿真珠發洩壓力就覺得火大。不只枝奈子小姐，義純先生也該負責。」

「在您眼中，他們的關係比起夫婦，更接近主從嗎？」

「沒錯。就算亞美小姐當著枝奈子小姐本人的面說她壞話，義純先生也不會護著她，不僅如此，還會幫亞美小姐說話。都做到這個地步了，枝奈子小姐還是無時無刻都笑咪咪的，反而讓人覺得噁心。」

亞美說過，枝奈子沒有其他家人。說不定是因為這樣，她才養成了不能引來義純反感的習慣。

「我可以走了嗎？」

武藏突然宣布對話結束。黑緒嘴上說著「好的」，卻還在繼續提問。

「啊，今天警方調查到凌晨四點，真的很累人呢。您有睡著嗎？」

武藏本來都站起來了，因為黑緒問了問題，又坐回椅子上。剛開始對兩人的厭惡，現在已經感覺不到了。他很平常地回答。

「我在十二點醒來的，睡了六小時。」

「太好了。亞美小姐說她沒睡著。」

「聽說那個人在真珠去世後，得了失眠症。」

「不吃安眠藥助眠的話，會搞壞身體呢。」

她明明知道亞美有服用安眠藥，卻裝作不知道。聽見安眠藥一詞，武藏也沒有特別大的反應。

「她有在吃的樣子。昨天吃晚餐的時候說的。大概是想強調自己過得有多苦。常有的事。」

「哦，這樣呀。不曉得她吃的是哪一種。」

「安眠藥還有分種類？」

武藏睜大眼睛。沒吃過安眠藥的人，不清楚詳細資訊也很正常。安眠藥有各式各樣的種類，連藥名都不同。既然他連藥名都不知道，從亞美的藥箱裡偷走睡眠藥的，應該不是武藏。

「好像有。有超短效型、短效型等等，效果各不相同。商品名稱有佐沛眠、依替唑侖、鹽酸酮、酣樂欣。」黑緒稍事停頓。她在唸到酣樂欣的時候，音量稍微放大了些。確認武藏的表情沒有變化，才接著說道：「當眠多、奧沙唑侖。雖然我不清楚哪種藥效果有多好。」

「我都不知道。算了，這不重要。我對那個人吃的藥沒興趣。」武藏瞄向時鐘。「問完了嗎？」

「啊，您在工作嗎？」

「上午我請特休，下午開始要工作。現在只是稍微離開。」

「原來如此。不好意思。」

「沒關係。你們等等要幹麼？要回去的話，我叫一下吉永小姐。」

「不勞您費心。亞美小姐預計在五分鐘後過來。」

她騙人。等等不會有任何人來。亞美叫他們跟武藏講完後，用牆上的室內呼叫鈴叫吉永。武藏沒有懷疑，拋下一句「那我走了」走出會客室。

兩人在那待了一分鐘左右才離開會客室。確認外面沒有其他人後，他們經過大門前面，爬樓梯上到二樓。

目的是大彌兄妹。亞美說孩子們受到驚嚇，不能跟他們問話，所以只能偷偷來。

兩人如同小偷，躡手躡腳地前進。

5

他們靜靜打開通往兒童房的門，拉門後方傳來電視的聲音及交談聲。

「不知道真珠的房間會不會給我們用。」

「難說喔。媽媽最喜歡真珠了。搞不好會一直維持原樣。」

「每次都只會想到真珠，不公平。」

「對啊。不過，她已經不在了。」

「對呀。已經不在了。」

兩人愉快地笑著。實在不像姊姊、妹妹死後的反應。

之前黑緒找大彌聊天時，他直接表示自己討厭真珠。不過他的笑聲令白夜深深體會到，不只討厭，他甚至對真珠懷著恨意。

「是誰？」

大彌不曉得在跟誰說話。有人打電話給他嗎？兩人呆站在門外，這時拉門自動拉開了。

大彌透過門後抬頭看著兩人。白夜現在才意識到，剛才那句「是誰」是在對他們說的。黑緒佩服地問：

「你怎麼發現的？」

「玻璃上有影子啊。」

他一臉錯愕，彷彿在說她長這麼大了，連這種小事都不知道。

「兩位看起來很開心呢。」

黑緒毫不心虛，光明正大地用來找朋友聊天的語氣說道。大彌尷尬地低下頭，紅玉則躲在他身後。

「那個，你們怎麼在這裡？已經決定不做傀儡了吧。」

「我們也想來找殺害真珠小姐的犯人。」

「咦，要找犯人嗎？」

大彌驚呼出聲，看起來很緊張。他是不是在隱瞞什麼？

「有問題嗎？」

「沒有。」大彌急忙否認。「只是在想為什麼是由你們來找。」

「我們在真珠小姐的事件上沒幫到任何忙，至少……嗯，就是這樣。」

「喔。」

跟在大人面前的時候不一樣，黑緒的說明變得很隨便。大彌納悶地點了下頭。

「那我就直接進入正題了，真珠小姐遇害時，你們在這個房間對吧。有沒有聽見什麼聲音？」

「我們在看動畫，所以沒聽見。」

大彌指向牆上的電視。白夜是第二次看到了，那個螢幕真的大得很有存在感。螢幕中是桃紅色頭髮的少女和藍色頭髮的少女在上學的畫面。

「事件發生的前後，有沒有跟平常不一樣的地方？」

「沒有。」

「你們一直都是跟真珠小姐分開來玩嗎？」

「沒辦法，我們不同房間。」

大彌的應答有種知道自己會被問到什麼問題，僅僅是把事先想好的答案說出口的感覺。為什麼呢？白夜感到不解。

「是嗎。對了，你們知道仁川惠實里子小姐被殺了嗎？她跟真珠小姐一樣是被勒死的，犯人挖出她的眼睛，砍斷舌頭和手指。」

怎麼突然跟小孩子講這個？白夜瞪大眼睛。而且還描述得很詳細。他們看過真珠遭到破壞的遺體，要是想起那一幕，精神受到影響怎麼辦？白夜抱住了頭。

「哦，是喔。」

大彌微微睜大眼睛，卻沒有更多的反應。白夜為他的態度感到強烈的異樣感。簡直像毫無興趣、毫不在乎、漠不關心。不對，反而有種鬆一口氣的感覺。

「你很冷靜呢。」

「畢竟是外人。」

「她可是真珠小姐的朋友喔？」

「跟真珠感情好，不代表跟我們也感情好。」

黑緒伸出食指指向大彌。

「不如說，死了正好？」

聽見這句話，大彌也忍不住目瞪口呆。他像在戒備似的向後退去，遠離黑緒。紅玉躲在大彌身後威嚇她，如同一隻小動物。

「這話什麼意思？」

「因為你們好像很高興真珠去世了，對她的朋友會不會也抱持同樣的看法呢？」

「才不會。」

大彌的表情沒有任何變化。紅玉頻頻點頭，肯定哥哥的回答。

「真珠小姐那起事件發生時，你們真的在家嗎？」

不只大彌他們，這個突如其來的問題讓白夜也吃了一驚。她到底在說什麼？武藏發現真珠的遺體時，兄妹倆不是趕到現場了嗎？白夜完全搞不懂黑緒在想什麼。

「為什麼這麼說？」

「因為，真的會什麼都沒注意到嗎？有人經過這裡總會發現的吧，就像剛剛你發現了我們一樣。」

「那、那是因為你們一直站在那個地方，我才會注意到。」

「還有，你看這裡。」黑緒踩在地板上，發出吱嘎聲。「殺害真珠小姐的犯人如果有經過這裡，說不定會踩到。」

「不要踩到不就行了？」

「是沒錯。不過殺了人之後，有心思顧慮這些嗎？而且，假如要注意不要踩到這邊，會像剛才那樣被你們看見影子吧？」

即使是預謀犯罪，除非凶手很習慣殺人，否則大腦都會陷入混亂。在亢奮狀態下，有辦法注意地板的聲音嗎？大彌一下就發現他們站在門外。若凶手停下腳步，果然會馬上發現吧？

「妳該不會在懷疑是我殺的吧。」

大彌看了真珠的房門一眼，狠狠瞪向黑緒。剛才彬彬有禮又客套的表情蕩然無存。

「不知道。可是，我推測你們當時不在這裡。」

「有什麼根據？」

「例如，案發當時，你們在**欺負惠實里子小姐**。」

大彌肩膀用力一顫。紅玉不安地垂下眉梢，對大彌投以求救的視線。白夜也難掩困惑。因為他不知道黑緒這個推論有何根據。

「惠實里子小姐好像在受到霸凌。坂田小姐這個人說，她在來參加茶會的路上看過惠實里子小姐被國中生欺負。那個國中生究竟是誰呢。」

大彌閉著嘴巴，沒有回答。黑緒的態度沒有改變，像在閒聊般用平淡的語氣說道：

「這是我的猜測。只是猜測而已。你們嫉妒受到雙親疼愛的真珠小姐。不只雙親，許多人都對真珠小姐有好感。惠實里子小姐也包含在內。今天在這裡看到惠實里子小姐，發現她跟真珠小姐穿得很像時，我就在猜她八成很崇拜真珠小姐，覺得她好可愛。不過，你們是不是看不順眼這個行為，不滿意只有真珠小姐一個人受歡迎？你們想設法抒發對她的怨氣。但要是你們敢對真珠小姐做什麼，她會去跟父母告狀，到時被罵的是你們。於是，你們盯上了惠實里子小姐。」

「妳說什麼？」大彌的聲音有點緊繃。表情也很僵硬。

「武藏先生告訴我，惠實里子小姐是個內向的人。你利用了這一點對吧？例如跟她說『只要妳代替她，我就不欺負真珠』。啊，我是猜的喔。說不定你的用詞更溫柔。總而言之，你應該是用這種理由叫她出來欺負她。時間大概是星期五。星期五媽媽會出門參加茶會，比較不用擔心被抓到。」

「為、為什麼要這樣說？我什麼都不知道。」

「惠實里子小姐和真珠小姐同年，經常模仿她的穿著。雖然不能對真珠小姐動手，惠實里子小姐膽小又沒有人可以求助，很好欺負。你是這樣想的吧。」

「那都是妳的猜測。」

「嗯，對呀。我也說是猜的了。不過，我知道你們之間發生過什麼事。因為你們在今天的聚會上，跟惠實里子小姐保持著一段距離。惠實里子小姐說她能傀裡的時候，你用很可怕的眼神瞪著她。而且，我告訴你惠實里子小姐的死法跟真珠小姐一樣時，你鬆了口氣對吧。這也很正常。因為要是有人傀裡她，你們的惡行惡狀搞不好也會被說出來。」

黑緒的眼睛一下都沒眨。那恐怖至極的表情，導致大彌有點害怕。黑緒的雙眼直盯著他。

「聽說欺負惠實里子小姐的人是國中生。惠實里子小姐家在公立國中附近。那所學校穿的是黑色立領制服，你的制服也是黑色立領制服。只要穿著制服，就能讓人誤以為你是那所學校的學生。」

「妳根本在亂栽贓。」

「順帶一提，真珠小姐好像知道欺負惠實里子小姐的犯人喔。」

大彌的肩膀晃了一大下，似乎嚇到了。白夜不由得將這個反應視為肯定。他有種受到背叛的感覺。

亞美說她要去參加茶會時，真珠總是會挽留她。或許是因為她想把亞美留在家裡，防止惠實里子被欺負。思及此，白夜覺得很憂鬱。

「聽見她知道犯人卻不和任何人說，我就猜到了。自己的兄妹會霸凌人，確實難以啟齒。」

「犯人只有一個吧，為什麼要懷疑我們？」

「你怎麼會覺得犯人只有一個？」

大彌臉頰抽搐，移開目光。看得出他內心的動搖。黑緒接著說：

「犯人是兩人組。另一個人躲在旁邊。要躲就要躲好呀。實行犯是大彌先生，紅玉小姐是旁觀者吧。畢竟兩個人待在一起的話，一眼就認得出是你們。之所以選在惠實里子小姐家附近欺負她，是為了把罪行嫁禍給那所國中的學生。不是嗎？」

黑緒討厭會牽連無關的人的做法。這種惡劣的說法，完全是在諷刺他們。如果他們欺負的是真珠本人，黑緒的用詞肯定會更溫和。白夜在思考何時要出手阻止她的期間錯失時機，不知所措。

「妳好像想把罪名推到我們身上，可是惠實里子說她在真珠遇害時，跟媽媽一起待在家。妳要無視這一點嗎？」

大彌的聲音在顫抖。他們待在房間，惠實里子也在家裡，所以沒有霸凌這回事。就白夜聽來，這像是他自身的願望。

「對呀。不過，惠實里子小姐的媽媽當時好像身體不舒服，在睡覺休息。所以不是不可能在媽媽沒發現的情況下溜出門。不去的話真珠小姐搞不好會被欺負，她一定不可能不去。」

「我、我們在這邊看動畫。我還說得出劇情。而且吉永小姐或武藏叔叔應該也有聽見電視聲。妳可以問問看。」

大彌像要拿出免死金牌似的指向電視，臉頰在抽搐，表情卻洋洋得意。黑緒笑出聲來，彷彿在嘲笑他。

「可以錄影吧，畢竟那是附帶HDD的電視。只要回家後再看錄好的影片就行。檢查一下就知道了，一定還留有錄起來的影片。」

「我、我錄起來只是為了在想看的時候能重看……總之，應該有人聽見我們看電視的聲音，請妳自己去確認。」

「沒用的。那是你們為了避免被懷疑，讓家人可以用『那孩子在房間看電視』包庇你們所做的不在場證明吧。只要聽見聲音，家人就會以為你們待在房間。」

大彌嘆了口氣。他沒有反駁，大概是意識到講什麼都沒用。大彌擺出目中無人的態度，跟剛才那個好學生的模樣判若兩人。這才是真正的大彌嗎？明明是第一次看見，卻不覺得奇怪。

「沒錯。我們討厭她，也討厭真珠。兩個人都看不起我們。不覺得很火大嗎？為什麼大家都只關心真珠。」

他挑起一邊的眉毛，面容扭曲，吐出一口氣。不認為自己有錯。不僅如此，還帶著自己才是受害者的無奈表情注視黑緒。

「只關心真珠啊。」

「妳也看得出其他人對我們有多隨便吧。任何事都以真珠為優先，爸爸媽媽看都不看我們一眼。義純舅舅、枝奈子舅媽也是。總是只會買真珠喜歡的東西，我看過好幾次義純舅舅單獨叫真珠出來給她錢，枝奈子舅媽努力想討好她。真珠卻仗著大家都寵她，要公主脾氣。義純舅舅和枝奈子舅媽對她那麼好，她的態度卻冷淡到不行。就算這樣，爸爸媽媽、義純舅舅枝奈子舅媽，還是不會罵真珠。」

大彌笑著侃侃而談，彷彿在發洩怒氣。他似乎還沒說夠，沒給黑緒插嘴的時間就繼續說道：

「惠實里子的媽媽也是，眼裡只有真珠。也是啦，因為她想巴結媽媽嘛。她只對媽媽疼愛的小孩有興趣。吉永小姐雖然有試圖公平對待我們，結果還是只會寵真珠。我看過她偷偷給真珠點心。是客人送的點心的最後一個。每次最後一個都是留給真珠。真正關心我們的，只有武藏叔叔。」

受到寵愛的、被人呵護的、有東西可以拿的、能收到最後一個的，全是真珠。

正因為他們一直默默看在眼裡，這對兄妹無時無刻都覺得沒有人愛自己，心靈因此扭曲了。想到大彌他們該有多難受，白夜不禁心痛起來。

「對不起，我無法理解你的心情。」

黑緒一句話就將令人產生罪惡感的控訴扔到腦後。

黑緒不可能懂。白夜待在她身邊，所以他很清楚。黑緒不屬於大彌兄妹那類型的人，而是真珠那類型。境遇與大彌兄妹相似的，是白夜。

身為小孩的自己訴說著他們有多悲傷，卻沒什麼效，大彌因此啞口無言。黑緒沒有發表更多感想，將話題拉回正軌。

「那你們案發當日果然不在家囉。」

「對啊。」大彌板起臉來。「聽說真珠是下午四點半死的，我們在十分鐘前出門，所以什麼都不知道。」

死了一個人，他們卻為了保護自己而說謊。大彌若無其事地回答，絲毫不覺得愧疚。黑緒沒有責備他，接著詢問：

「幾點回來的？路上有沒有遇到誰？」

「記得是四點五十分左右。沒遇到任何人。」

「出門時有鎖門嗎？」

「沒鎖的話會被吉永小姐發現，回來時也得自己開門，所以我拿了放在家事室的鑰匙。因為吉永小姐出門買完東西後，就不會用到鑰匙。」

他都計畫好了。他知道該怎麼做自己才不會被罵。那冷靜說明的模樣，給人一種沒良心的感覺。

白夜瞄向大彌背後的紅玉。紅玉也擺著臭臉，一副嫌無聊的樣子。從她的表情來看，紅玉好像不知道自己為什麼會被罵。

他們都不認為自己有錯。完全沒有反省的意思。白夜覺得心情很沉重。

「你們回家的時候，大門有鎖嗎？」

「有啊。」

「那一天有沒有發生讓你們覺得不對勁的事？」

「不知道耶。」大彌歪過頭，馬上回答：「啊，回來後電視的音量有被調小一些。我跟其他人說過看動畫的時候不要來打擾，照理說不會有人進來。是犯人調的嗎？為什麼啊？不過，就只有這樣。」

黑緒沉默了幾秒，看來是在反覆咀嚼大彌的證言。大約三十秒過後，黑緒再度提問。

「還有，今天上午十點到十一點，你在做什麼？」

「妳懷疑是我殺了惠實里子嗎？」

「喔，懂得還真快。我不討厭這樣的小孩。我的確在懷疑你。在跟大家問完話之前，我決定每個人都懷疑。」

黑緒笑咪咪地回答，大彌沒有面露不悅，反而輕笑出聲，愉快地回答：

「是沒關係。我跟紅玉都待在房間。這次是真的。不過很難證明吧。對不對？」

大彌向身後的紅玉徵求同意。紅玉帶著燦爛的笑容，活力十足地回答：「嗯。」

「這樣呀。對了，你知道媽媽有在吃安眠藥嗎？」

「知道。昨天吃晚餐的時候，她跟大家說過，在場的人應該都知道。這種事媽媽立刻就會跟人說。她想引起同情，被其他人關注。她真的在為真珠的死難過嗎？」

大彌對著紅玉歪過頭。紅玉也模仿他歪頭。

大彌這句話比起因為得不到母親的愛而在鬧脾氣，更像發自內心覺得亞美的悲傷是演出來的。白夜心想，感覺一點衝擊就能摧毀這個家庭的羈絆。

「凶手對惠實里子下藥殺了她嗎？」

「不太一樣，但應該有關係。有人長時間離開座位嗎？」

大彌用手抵著下巴，閉目沉思，看似在回憶昨天發生的事。

「吉永小姐要準備晚餐，所以一直在走來走去，單獨行動的時候比較多。不過，吉永小姐當時正好去拿其他菜過來，可能沒聽見媽媽會吃安眠藥。剩下就是大家都去過一兩次廁所，可是只有兩、三分左右。要在這麼短的時間內進入媽媽的房間，找到藥再回來，有點困難吧？你們來了後，大家就幾乎都是共同行動。」

「是嗎。」黑緒在面前雙手合十，抬頭望向天花板。「順便問一下，你覺得是誰殺了真珠小姐？」

大彌跟著黑緒仰望天花板，很快就將視線移回她身上。

「誰都好。」

他笑容滿面地回答。

6

兩人離開周防家，來到亞美參加茶會的小木家，確認她們喝茶的地方和亞美講電話的地方。喝茶在客廳，講電話在佛堂，兩個房間用拉門隔開。

佛堂有窗戶，打開窗戶，映入眼簾的是一面水泥牆。牆壁和房子間留有足以供人行走的空間。只要有那個意願就能偷溜出去。不過，佛堂的窗戶生鏽得很嚴重，開窗時會發出烏鴉被掐死時的刺耳聲音。要不發出聲音打開窗戶是辦得到，但要花一些時間，亞美不可能跑出去。

確認完畢後，兩人開車移動到下一個地點。下一個地點是義純家。佳彌家雖然離周防家比較近，惠實里子遭到殺害後還沒過多少時間，八成還在接受偵訊，兩人便決定先去義純家。

「咦，這個地址……」

在導航系統輸入義純家的地址時，他還沒注意到，不過白夜對導航系統叫出的目的地地圖有印象。

十天前，他們在那個位置附近做傀裡的工作。由於死者才剛去世，再加上委託人那個時間比較方便，儀式選在傍晚舉行。當時發生了一點小意外。死者的母親因為過世的女兒真的動起來了，太過激動，不只痙攣發作，甚至臉色發紫，差點連母親都性命不保。

「噢，之前那個。當時真是累死我了。屋子附近圍了一群人。雖說偶爾才會發生那種事，受到矚目真的麻煩得要命。」

黑緒想起那起事件，笑出聲來。

「不過她平安無事，身體也恢復了，儀式重新舉行，最後順利跟女兒道別，真的太好了。」

「你那個時候緊張到不行，超好玩的。」

白夜回憶起自己的反應，羞恥得低下頭，沉默不語，操作導航系統決定目的地。

「話說回來，大和先生懷疑義純先生，吉永小姐懷疑亞美小姐，亞美小姐懷疑武藏先生，武藏先生懷疑枝奈子小姐。七零八落的耶。彷彿在象徵那個家庭。」

黑緒抽著菸咕噥道。瀰漫車內的檸檬草香氣，從稍微打開的車窗逃到外面。

白夜腦中浮現周防家及與其有關的人物。表面有錢又優雅，其實潛藏著內幕。這些人之中，有人殺了真珠和實惠里子。到此結束了嗎？還是又會有新的犧牲者出現？

「大彌先生和紅玉小姐不要緊吧。」

白夜對兩人自私的行為感到厭惡。然而，不能否定原因在於他們缺乏愛情。白夜在心中祈願兩人能夠平安長大。

「覺得像看見以前的自己，會擔心？」

這句話帶有諷刺意味。黑緒對白夜吐出香菸的煙。那抹奸笑是他從小到大經常看見的表情。始終面帶笑容，彷彿在隱藏內心。

黑緒總是面帶笑容，是父親的教育所致。白夜好幾年沒看過、聽過她的真心了。即使能夠預測，也無法判斷正確與否。辦不到。她的表情已經固定住了。

白夜家是傀裡師代代輩出的家系。父親生前當然是傀裡師。

聽說父親發現擁有理想姓氏「一」的母親之後，展開熱烈的追求，和她步入禮堂。然而，父親當時好像是有戀人的。對方還懷有身孕。

不管怎樣都只能使用其中一方的姓氏，父親卻不惜拋棄懷孕的戀人，以實現那種幼稚的想法，白夜有點看不起他。

與母親結婚後，父親搬出福音協會的宿舍，兩人一同搬進了透天厝。本來傀裡師規定要住在宿舍，結婚的話只要是在福音協會附近，就能住在喜歡的地方。

兩年後，白夜他們出生了。不過，父親對雙胞胎不感興趣。不僅如此，甚至把他們當成透明人對待。

父親對黑緒產生興趣，是在她七歲的那一年。父親、黑緒、白夜三人外出兜風時遭遇交通事故，導致黑緒和白夜在生死邊緣徘徊。恢復意識，回歸日常生活的不久後，唯有黑緒展現了傀裡的力量。自此之後，父親就開始正視黑緒一人。

他很快就著手教育黑緒成為一名傀裡師。總是只跟黑緒說話，總是只陪黑緒。不管白夜再怎麼努力念書，再怎麼努力運動，再怎麼努力得獎，沒有傀裡能力的他，始終不被父親放在眼裡。

令人驚訝的是，某一天，白夜成功傀裡了一隻老鼠。他很高興，想去跟父親報告，卻因為黑緒的妨礙而說不出口。

白夜不懂黑緒為何要這麼做。

明明兩個人一起成為傀裡師，就能互相協助，父親也會高興。

儘管遭到了妨礙，白夜仍未放棄，不停尋找能傀裡的動物。沒受過教育擅自傀裡，如今回想起來實在很危險，沒有相關知識的白夜卻在不被人發現的情況下，不顧一切地練習傀裡。

可是，每次成功黑緒都會來妨礙他，因此父親一直沒發現白夜的力量。父親被黑緒獨占，使得白夜內心的怒火燒得更旺了。

小黑總是看不起我。看到爸爸不理我，她會沉浸在優越感之中。小黑討厭我。

這個想法隨著年齡增長愈發強烈。

十二歲那年，悲劇降臨在白夜身上。他在跟母親外出購物的途中遇到意外，母親離開了這個世界。

白夜感到自責，整天活在悲傷的情緒中。不過在那之後，他變得能夠傀裡人類了。彷彿是母親送的禮物。然而那個時候，白夜覺得自己迫切渴望，能復活人類的傀裡能力，儼然是詛咒。

諷刺的是，父親從那一刻開始正視白夜，對他跟黑緒一視同仁。黑緒當時的表情極度扭曲，臉上帶著寶物被破壞的焦躁。

那個時候，白夜覺得積在心中的負面情緒消散了一些。這樣他和黑緒就是對等的了。他如此認為。

歲月流逝，白夜十七歲了。雖然離大人又近了一步，缺乏愛情的白夜強烈盼望父親能夠只看著自己一個人。可是，黑緒擋在前面妨礙他。他無法跨越這道阻礙。所以那一天，白夜拿著刀子——

「沒有啊……」白夜低聲回答。

他想起過去，感到憂鬱。這種記憶大可遺忘。刀子的觸感還殘留在手中。他盯著自己的手腕，踩下油門，彷彿要逃避這段記憶。

7

兩人於下午兩點五十分抵達義純家。不出所料，十天前他們去舉行傀裡儀式的那戶人家的斜前方，旁邊兩棟的房子就是義純家。

義純家比周圍的房子更大，是附庭院的兩層樓透天厝，從外牆到各個細節都作工精細，大概是訂製住宅。

大門旁邊是能停兩輛車的停車場，那裡停著一輛轎車。旁邊是通往家門口的道路。跟大和家不一樣，從外面的大門到家門口只要走五到七步。看來用不著開車移動。

這個時間他們應該還醒著。問題是在不在家。白夜按下電鈴，幸好馬上就有人回答。

「我是九十九。您記得我嗎？」

黑緒的語氣輕鬆得像在路上巧遇。類似呻吟聲的微弱聲音透過對講機傳出。

「那個，妳怎麼知道我們住在哪？」

回答的人是枝奈子。她語帶不悅。在個資外洩成為嚴重問題的這個時代，理應不會知道自己住在哪裡的人突然造訪，自然會擔心自己家的地址在哪裡外洩了，覺得不舒服。

「大和先生告訴我的。」

騙人。其實是八月朔日說的。白夜推測是因為提到警察可能引起她的戒心，黑緒才搬出大和的名字。

「啊，這樣呀。請問有什麼事？」

「關於真珠小姐的事件，有幾個問題想請教。」

「真珠的。」訝異的聲音過後，是一陣沉默。對講機傳來斷斷續續的人聲，應該還沒掛斷。

「兩位請，進裡面聊吧。」

低沉的聲音從對講機傳出。這次是義純。他似乎願意讓兩人進屋。白夜開門讓黑緒先走，然後才跟著走進去，關上大門。

他聽見家門打開的喀嚓聲。義純從門縫間露出臉。確認訪客是白夜他們沒錯後，為兩人大大地打開家門。

「請進。」他以神清氣爽的表情迎接兩人。兩人在他的邀請下進到家中。

黑緒一進門就坐到玄關處的臺階上。白夜熟練地蹲下來，抓住黑緒的靴子，拉開拉鍊幫她脫鞋。義純見狀驚呼出聲。黑緒抬頭看著義純。

「噢，我的生活雜事都由他負責處理。」

「啊，這樣啊。沒事，我只是有點驚訝。」

「啊哈哈。貴族不是也會讓僕人幫忙更衣嗎？」

黑緒把白夜叫做僕人，義純好像不知道該如何反應。他露出僵硬的笑容，沒有繼續深入這個話題。

幫黑緒脫完鞋後，白夜脫掉自己的鞋子，踩上臺階。他稍微環視周遭。不曉得是拜白色壁紙所賜，還是玄關挑高的關係，有種開放感。玄關左手邊是通往二樓的樓梯，裡面有扇連接客廳的門，儘管不及周防家，白夜覺得這棟房子也挺大的。

義純走進客廳，因此黑緒和白夜也跟在後面。進入客廳一看，枝奈子坐在窗邊的沙發上。

她在家也戴著口罩，跟在周防家的時候一樣。看來她的身體還不太舒服。可是，房間裡似乎沒有開暖氣，空氣帶著一絲涼意，枝奈子明明待在室內卻披著披肩，穿著厚衣禦寒。

在這種地方省錢？有的有錢人會連生活的必需品都錙銖必較，藉此存錢。亞美看起來是花錢如流水的人，義純則是相反的類型嗎？

白夜如此心想，與黑緒四目相交。雙胞胎有心電感應——沒這回事，他們是靠眼睛及手部的動作對話。黑緒摸著肌膚歪過頭，白夜也模仿她這麼做。

「您不開暖氣嗎？」

黑緒詢問義純。義純望向天花板，急忙打開暖氣。

「不好意思，很冷對吧。我們剛剛才到客廳，所以沒開暖氣。」

「兩位剛起床嗎？」

「我今天不上班，所以直接睡到自然醒。啊，要喝茶還是咖啡？」

「都可以。要我選的話，我比較喜歡咖啡。」

聽見黑緒的回應，義純拍拍胸膛，拋了個媚眼。由於他相貌端正，一般女性搞不好會為這個動作心跳加速，黑緒卻專注在觀察室內上，毫無興趣的樣子。

「我喜歡泡咖啡。不知道泡得好不好喝就是了。」

義純指向沙發，接著走到裡面的中島式廚房。兩人坐到枝奈子對面的沙發上。

又聞到甘甜的氣味了。跟在周防家聞到的味道一樣。感覺是從枝奈子身上傳出的。她在家也會噴香水嗎？是不是很喜歡義純送她的香水？

「啊，有味道嗎？香水全灑到地上了，味道散不掉。對不起。」

義純難為情地搔著頭。看來不是枝奈子，而是他打翻的香水味道還殘留在室內。黑緒輕笑著回答「沒關係」，面向枝奈子擔心地問：

「您感冒了嗎？」

枝奈子隔著口罩摀住嘴巴，輕輕咳嗽後點了下頭。

「對不起，要是傳染給你們就糟了。」

「噢，畢竟天氣還很冷。聽說還有爆發流感。」

枝奈子一面回答，一面望向廚房。他隔著流理臺看了義純一眼，對兩人說道「不好意思」，起身走向廚房。

「那還真可怕。」

義純看著上面的櫃子，好像在找什麼。枝奈子八成是看不下去才跑去幫忙。在枝奈子的指示下，義純終於找到要找的東西，看著白夜他們害羞地搔著頭。

武藏說義純和枝奈子這對夫婦更像主從，剛才的互動卻沒有那種感覺。是因為有外人在嗎？枝奈子有如陪小孩子第一次下廚的母親，看著義純泡咖啡。不時會聽見彷彿在嘲笑義純出錯的笑聲，感覺是個溫暖的家庭。

白夜不禁懷疑，武藏說枝奈子對義純言聽計從，是不是為了排除自身嫌疑編造的謊言？

他試著觀察房間，想尋找可疑之處，卻沒看到奇怪的地方。

大約十分鐘過後，義純端著放了四個杯子的托盤回來。枝奈子著急地從背後追上。

「久等了。希望好喝。」

他為兩人送上咖啡，在自己和加奈子前面也各放了杯咖啡。香水味比咖啡味更濃，蓋過咖啡的香氣。

「好香。」

黑緒講完場面話後喝了一口。義純看著白夜，用視線詢問「你不喝嗎」，然後靦腆一笑，輕輕搧了自己一巴掌，大概是想起來了。

「對喔，一先生不喝咖啡。不對，是不能喝吧。」

他還記得黑緒之前說過，式鬼沒必要進食。特地泡的咖啡沒人喝，義純似乎覺得很可惜，但他馬上露出燦爛的笑容掩飾過去。

「他喝不了咖啡。不好意思，您都特地準備了。我會代替他把兩杯都喝掉。」

義純聞言，高興地揚起嘴角。

黑緒又喝了口咖啡，透過高達天花板的巨大玻璃窗望向庭院。庭院鋪著草皮，上面有鋪石板路，旁邊放著白色桌椅。夏天在那邊喝茶應該很舒服。

庭院種了好幾種植物。驚人的是，竟然連蘋果樹都有。白夜從來沒在家庭庭院看過蘋果樹。樹上的紅蘋果彷彿等不及被採收了。下面有顆從樹上掉下來的蘋果，羨慕地仰望藍天。

「好美的庭院。家裡有蘋果樹真稀奇。」

「嗯，內人喜歡蘋果樹。蓋這棟房子的時候她就說想要一棵，於是我們就種在那裡。」

「這樣呀。結了好多蘋果。不摘下來嗎？」

「這麼說來，最近都沒有吃呢。」

義純面向枝奈子，枝奈子提心吊膽的，支支吾吾地回答：

「對、對呀，可能是吃膩了。」

「的確，畢竟我們每天都在吃。啊，怎麼樣？機會難得，兩位要不要把蘋果帶回家？」

枝奈子盯著義純。義純好像沒察覺到。枝奈子應該不喜歡自己的東西被他擅自送給別人吧。黑緒從她的表情看出這件事，卻假裝沒發現，點頭回答：

「那我就不客氣了。我喜歡蘋果。」

「真的嗎？太好了。稍等一下。很好吃喔。」

義純站起身，枝奈子慌張地跟著他。義純拉開電視旁邊的抽屜，開始找東西。

「咦？在哪裡啊。」

他想找採收蘋果用的工具，卻找不到。義純應該很少自己採收過。

這時，枝奈子在義純耳邊呢喃了幾句話。義純微微歪過頭，走出客廳。外面傳來爬樓梯的腳步聲。不到一分鐘他就回來了，手上拿著美工刀。

義純打開窗戶，走到庭院。他穿著涼鞋走向蘋果樹，捧著一顆鮮紅的蘋果，用美工刀割斷樹枝。將蘋果放進口袋，又採了一顆放進口袋，採下第三顆蘋果。第三顆他夾在腋下，第四顆因為一邊的腋下無法自由活動的關係，看起來很艱辛，但他還是成功採下來了。

雙手各拿一顆蘋果，口袋裝著兩顆。義純笑容滿面地回來，一副大豐收的樣子。他直接從兩人面前經過，走到廚房，從櫃子裡拿出塑膠袋裝蘋果。

他走回來坐到沙發上，將裝蘋果的塑膠袋放到黑緒面前，用手勢示意她收下。

「請收下。我摘了看起來很好吃的。」

「謝謝您。我回家就切來吃。」

氣氛溫馨和諧，不過事情可沒那麼簡單。黑緒馬上進入正題。

「對了，關於真珠小姐的事件，有些事想請教兩位。」

「妳剛剛有說。為什麼要做警察的工作呢？」

「因為我們什麼忙都沒幫上。」黑緒接著說出跟亞美他們也講過的理由。義純聽了，感動地點點頭。

「我明白了。我會盡量提供協助。」

在積極配合的義純旁邊，加奈子縮著肩膀，像被虐待的鴕鳥般神情憂鬱。兩人相反的態度，使白夜覺得不太對勁。

「那麼，方便請問真珠小姐遇害的那一天，兩位在做什麼嗎？」

「我的工作是兩天去公司，三天居家辦公的特殊形態。當天我在家工作。差不多從四點半開始要開視訊會議，我有參加。只是十五分鐘左右的簡單會議，結束時是下午四點四十五分。這件事我也有跟警察說。警方好像也跟出席者確認過了，證明我確實有參加會議。而且，枝奈子也有聽見我開會的聲音。對吧?枝奈子。」

突然被點名的枝奈子用結巴的聲音回答「是的」。她用手掩住嘴角，低著頭，如同一朵枯萎的花。

「您在哪裡開會的？」

「二樓。樓梯旁邊的房間。」

「在家開會真令人嚮往。」

白夜愣住了。第一次聽見黑緒對別人使用「嚮往」一詞。或許是因為這樣，聽起來非常可疑，像在嘲諷人。

「哎呀，可是那個房間面向馬路，路上的聲音聽得滿清楚的，不太適合開視訊會議。附近有工地，所以卡車常常經過，還會有廣告車。」

「很吵的樣子。」

黑緒點了幾下頭，沒有跟感覺還想炫耀自己工作有多辛苦的義純問話，轉為看著枝奈子。

「真珠小姐遇害時，枝奈子小姐在做什麼？」

「我、我，跟平常一樣在做家事。然後，下午四點五十分左右有人來送宅配。」

「可以讓我看看對講機的紀錄嗎？」

「可以啊。」立刻回答的人不是枝奈子，而是義純。

白夜起身站到設置於客廳牆上的對講機前面。要看照片只要按下播放鍵即可。是隨處可見的種類。

按下播放鍵，最先顯示在螢幕上的是前天中午十二點，送貨員來的時候。白夜按下返回鍵，倒回到想看的日期。

時間回到真珠遭到殺害的那一天。下午五點三十八分，螢幕上顯示出義純的臉。

白夜招手叫來黑緒。看到對講機的畫面，黑緒詢問義純：

「真珠小姐遇害的那天傍晚，您有出門嗎？」

「咦。」義純一臉錯愕，帶著不明所以的表情走近對講機。看到自己被拍到，他一副解開疑惑的樣子露出笑容。

「開完會後，我趁散步時順便去附近的便利商店買東西。回來時門鎖起來了，所以我叫枝奈子幫忙開門。我只有帶錢包出去，沒帶鑰匙。大概是她拿宅配的時候把門鎖上了。真倒楣。」

「您去哪裡散步呢？」

「在附近閒晃。因為在家工作都是坐在椅子上不動，工作到一個段落時，我會像那樣出去走走。記得是在五點十五分左右，我去便利商店借廁所，在店裡繞了圈，最後買了冰回家。」

「哪家便利商店？」

「站前那家。從這裡走過去，正常來說十分鐘會到。」

藥袋沒告訴他們。是忘了說，還是覺得與案件無關所以沒有講？看來等等需要去確認一下。

黑緒好像接受了這個理由，叫白夜倒回到上一張。白夜開啟上一張照片。

時間是下午四點五十分。一名女姓送貨員拿著貨物站在門外。案發當日確實有人來送貨。果然沒錯。

「看，有拍到對吧。枝奈子確實有拿宅配。」

「是啊。」

黑緒回答義純信心十足的話語，回到座位，喝了口咖啡後問道：

「就兩位來看，真珠小姐是什麼樣的小孩？」

「是個可愛的孩子。跟姊姊小時候一模一樣，一看就知道他們是母女。姊姊以前也是純潔無垢、天真爛漫的小孩。把她孩童時期的照片跟真珠放在一起，大概認不出來。」

「比大彌先生和紅玉小姐更可愛嗎？」

明明是在問真珠，白夜卻有種他在分享亞美有多可愛的感覺，講不出話。

「他們三個都很可愛。」

「可是，聽說您會偷偷給真珠小姐零用錢不是嗎？大彌先生很羨慕。」

義純睜大眼睛，收起下巴，彷彿做壞事被人抓到。他立刻扯出笑容以掩飾尷尬，搔著頭。枝奈子盯著義純。看不出她的情緒，或許是口罩所致。

「被看見了嗎。我有告訴自己要公平對待他們，但怎麼看都覺得真珠最可愛。對不對？枝奈子。」

突然被叫到的枝奈子，用不穩的聲音附和「對呀」。武藏說他看過枝奈子欺負真珠。另一方面，大彌他們又說枝奈子很寵真珠。到底誰說的是對的？

「枝奈子小姐也很喜歡真珠小姐呀。」

枝奈子發出類似呻吟的聲音，卻立刻肯定黑緒。

「嗯。她的笑容真的很可愛。」

「覺得她可愛，卻會抓她的背，用腳踩她嗎？」

黑緒更進一步地詢問。面帶笑容的義純瞬間垮下臉來。

枝奈子用想要當場消失的微弱聲音否認，那驚慌失措的模樣卻等同於肯定。

「枝奈子不會做那種事。反正又是武藏先生說的吧。那個人不知為何討厭枝奈子。枝奈子對真珠也很溫柔。雖然真珠不怎麼喜歡她。」

義純最後那句話特別小聲。看來他知道真珠不喜歡枝奈子。

「聽說亞美小姐對枝奈子小姐不怎麼友善。真珠小姐長得很像亞美小姐對吧。有沒有可能是氣到失去理智的枝奈子小姐因為一時衝動，失手殺了她？」

黑緒語氣平靜。枝奈子摀著嘴巴蜷起身子，跟貝殼一樣縮了起來，不肯回答。

「九十九小姐，妳說妳在調查真珠的事件，所以我才願意提供協助，現在妳跑來懷疑內人，會不會太過分了？還有其他人該懷疑吧。」

義純代替枝奈子發火。他的語氣維持冷靜，卻用銳利的目光瞪著黑緒。

「您指的是武藏先生嗎？」

「沒錯。真珠被殺時，那個人也在家吧。他不是最可疑的嗎？」

「幫真珠小姐傀裡的時候，您也是懷疑武藏先生。為什麼？」

「因為他誘拐過小孩。那個人好像在懷疑枝奈子，不過妳也看到對講機的紀錄了吧。那個時間，枝奈子有不在場證明，不可能犯案。要懷疑的話，去懷疑沒有不在場證明的人比較好。」

「嗯，說得也是。」

黑緒想了一下，乾脆地退讓，一副什麼事都沒發生的態度拿起咖啡喝。她的轉變實在太大，害義純愣在那邊。

「對不起，問了讓兩位不舒服的問題。我想徹底摘掉懷疑的種子。」黑緒稍事停頓，提出其他問題。「今天一大早就有一堆事情呢。您有好好休息嗎？」

「喔，嗯。不過睡得不熟。動不動就醒來。」

「那還真辛苦。如果有安眠藥，應該就能睡得很熟了。」

她又像跟武藏問話的時候一樣，強調安眠藥一詞。義純沒有反應，枝奈子卻開始坐立不安。

「確實。早知道跟姊姊拿一下。真珠去世後，姊姊好像得了失眠症，現在會吃安眠藥。」

「她吃的是哪種安眠藥呢？」

「我也不清楚，聽說是醫生開的藥，所以應該很有效吧。」

「這樣呀。枝奈子小姐知道亞美小姐會服用安眠藥嗎？」

黑緒望向枝奈子。枝奈子不肯和黑緒對上目光，咕噥道「不知道」，然後就閉上嘴巴。

「枝奈子，妳怎麼了？身體不舒服？」

義純擔心地觀察她的臉色，枝奈子把頭低得更低，逃避他的視線。

「對了對了，今天上午，仁川惠實里子小姐好像被殺了。」

黑緒忽然告知。枝奈子一口氣抬起頭。擔心地看著她的義純大概是受到影響，將視線移回黑緒身上。

「惠實里子被殺了？」

「她的母親佳彌小姐發現的。」

「佳彌小姐。」義純摸著下巴低下頭。「說不定是佳彌小姐殺了惠實里子。」

「您為何這麼認為？」

「這是姊姊說的，惠實里子身上有被毆打的痕跡和割傷。所以，會不會是佳彌小姐虐待她……」

「不是的，遺體被發現的時候，是跟真珠小姐一樣的狀態，眼睛、舌頭、手指都沒了。」

「為、為什麼惠實里子會被？」

義純摀住嘴巴呻吟，看起來大受震撼。枝奈子則盯著地板，一動也不動。在白夜眼中，她好像在害怕什麼。

「枝奈子小姐有什麼看法？」

「我、我嗎？我覺得，很可憐。」

從喉嚨擠出來的聲音，聽起來並不是發自內心的。怎麼樣都不像在憐憫她。感覺有點著急。這時，枝奈子突然站起來。

「那個，我，身體不太舒服，可以先失陪了嗎？」

她沒等白夜他們回答就跑出客廳，消失在二樓。目瞪口呆的義純恢復意識後，困擾地向兩人道歉。

「不好意思，內人前天感冒了。今天又熬夜到清晨，可能因為這樣變嚴重了。那個，我擔心內人的身體，今天就到此為止好嗎？」

「說得也是。感謝兩位提供的情報。還有蘋果。」

黑緒乖乖點頭，從沙發上起身。白夜拎起裝蘋果的塑膠袋，跟著站起來。兩人在義純的陪伴下前往玄關。

來到玄關，黑夜幫黑緒穿上靴子，接著穿上自己的鞋子。義純低頭看著這一幕，彷彿在注視奇妙的生物。

穿完鞋子，白夜站起來跟黑緒一起和義純相對而立，互相行禮道別。

「不好意思，今天來得這麼突然。希望枝奈子小姐早日康復。」

「嗯，謝謝。」義純回頭望向二樓。「不用擔心。她很快就會好。」

「那麼告辭了。」聽見黑緒的聲音，白夜轉過身，發現玄關的門把凹進去了。應該不是原本就是這種造型。形狀看起來像一個歪七扭八的3，並不美觀。

「以前不小心撞到過。」

義純害臊地搔著頭。這棟房子這麼漂亮，卻只有這個地方有缺陷，他不在意嗎？白夜握住沒有彎掉的部分，推開門。

8

「蘋果，妳為什麼要收下？又不會吃。」

「給肆谷班長就好。那個人喜歡吃蘋果。」

「……知道了。」

白夜微微噘起嘴巴，將塑膠袋放到後座。

「啊啊，如果這是金蘋果就好了。」

「沒有那種東西啦。」

「你不知道嗎？金蘋果是長生不老的源頭。」

白夜內心一驚。為何突然講到這個？黑緒想長生不老嗎？白夜搞不懂黑緒在想什麼，不知道該做何回應。為了掩飾自己的困惑，他換了個話題。

「對、對了，接下來要幹麼？」

「這個嘛，果然是去佳彌小姐那邊吧。」

話題突然改變，黑緒並未因此感到不悅。成功扯開話題，令白夜鬆了口氣。

他看向手錶，現在時間三點半。警察應該偵訊完了吧。他表示贊同。

「在那之前，藥袋先生他們不曉得知不知道義純先生去過便利商店。藥袋先生應該知道吧。」

她語帶嘲諷，八成是在氣藥袋沒告訴她。白夜從口袋拿出手機，在通話紀錄中找到八月朔日的名字。

「不曉得耶，他們什麼都沒說。我去問問看。」

他將通話模式調成擴音，打給八月朔日，對方在三聲後接起電話。他好像正在吃遲來的午餐，背後傳來點餐聲。

白夜為打擾他吃飯一事道歉，詢問真珠遇害當天，義純是否去過便利商店，八月朔日乾脆地承認。警方似乎也求證過了，下午五點十五分到五點半，義純在便利商店裡面。

『如何?查到什麼了嗎?』

白夜望向黑緒。黑緒前後甩動手掌。

「不，還沒。」

『這樣啊。沒關係啦，藥袋先生雖然那種態度，我可是很看好你們的，麻煩你們囉!』

雖然這句話等於是在推卸責任，有人願意依靠自己，白夜有點高興。他留意著不要讓這個想法反映在臉上，跟八月朔日道謝後掛斷電話。

「先整理一次目前收集到的情報好了。」

黑緒豎起食指，在空中畫圈。

「不在場證明嗎?」

「嗯。真珠小姐的事件，沒有確切的不在場證明的人是吉永小姐、大彌先生、紅玉小姐、佳彌小姐。惠實里子小姐的事件，沒有不在場證明的人是亞美小姐、吉永小姐、武藏先生、大彌先生、紅玉小姐、佳彌小姐、義純先生、枝奈子小姐。」

「真珠小姐遇害時，大彌先生和紅玉小姐不在家。那不是能排除他們嗎？」

「惠實里子小姐去世了，沒人能證明他們當時在哪裡。總之先保留。」

「什麼保留，又不是在買東西。」

白夜皺著眉頭，對黑緒的用詞提出意見。黑緒毫不在意地接著說：

「裡面有誰的不在場證明能夠推翻呢？」

白夜回想起目前收集到的情報，回答：

「例如真珠小姐的事件。五個人有不在場證明的人，大和先生確定有跟優香小姐聯絡，亞美小姐沒辦法偷溜出去。至於義純先生，警方有跟會議的出席者求證。枝奈子小姐那邊也有送貨員幫忙作證。要想辦法推翻的話，就是只有在家收宅配的枝奈子小姐吧。不過，假設她在最早的死亡推定時間四點半殺死真珠小姐，有辦法在二十分鐘內回家嗎？藥袋先生的看法是溜出家門大概要五分鐘，所以應該要二十五分鐘吧。這樣來不及收宅配。而且車子沒有用過的痕跡，視交通手段而定，會花更多時間。」

「對啊。可是枝奈子小姐的話，至少**可能破壞真珠小姐的遺體**。」

「那個人嗎？」白夜發出比想像中還要大聲的驚呼聲。

他試著想像看起來柔弱得連一隻蟲子都不敢殺的枝奈子犯案的模樣，總覺得有點矛盾，不太能想像。

「凌晨十二點五十分，我們剛開始參觀周防家的時候，真珠小姐的遺體還沒被破壞。所以犯人可以下手的時間，在凌晨十二點五十分到凌晨一點半這四十分鐘之間。犯人是什麼時候犯罪的？其他人在食堂吵架時，大彌先生和紅玉小姐雖然有離開食堂，我們馬上就追上去了，沒時間破壞。不曉得有沒有其他人離開。」

「沒有吧。那枝奈子小姐應該也不可能。亞美小姐說沒有任何人離開食堂。」

「那是他們開始吵架前的事。我們回到食堂的時候，武藏先生和義純先生在吵架對吧。」

「怎麼了嗎？」

黑緒指了下自己的頭部，又指向白夜的頭。

「自己想一下吧。你有腦袋可以用。」

黑緒的諷刺令白夜屏住氣息。明明是妳自己要調查這個案件的——他本想回嘴，嚥下一口唾液，最後決定作罷。

「算了。枝奈子小姐當時在我們背後對吧。」

「嗯。」有什麼問題嗎？白夜正準備回問，覺得黑緒又會嘲諷他，因此只是點了下頭。

「在食堂的時候，枝奈子小姐坐在紅玉小姐和優香小姐之間。既然如此，他們吵架時她不在那兩個人之間，不是很奇怪嗎？」

「是嚇到逃走了吧。」

「為什麼要逃？她那個位子不會遭受波及吧。就算要逃，頂多也只是靠著背後的牆壁站，像大彌先生他們那樣。所以我在猜，枝奈子小姐會不會是趁大家專心看他們吵架時溜出食堂。」

武藏和義純是在白夜他們回來前爆發衝突的。如果其他人的視線都集中在那兩個人身上，趁亂跑出去說不定也沒人會發現。枝奈子回來後，因為白夜他們擋在前面，回不去自己的位子，只好在後面裝出受到受到驚嚇的模樣。經黑緒這麼一說，這樣的想像浮現腦海。

「可、可是，檢查隨身物品的時候，警察沒找到凶器和真珠小姐遺體的一部分。而且，血沾到衣服上的話，可能會因為穿喪服的關係看不出來，沾到手上卻沒辦法遮住。不過沒人的手有沾到疑似血液的液體。不然藥袋先生他們照理說會發現。」

「戴手套就不會沾到血了吧。」

「在那之中有戴手套的人嗎？」

「我。」黑緒開玩笑似的舉起戴著手套的手。「沒有啦，不鬧了。塑膠手套很薄，可以放進口袋。」

「妳、妳的意思是，犯人在犯案後把手套跟凶器一起藏起來了？就算這樣，只要沒找到凶器，無法光憑這一點就斷定枝奈子小姐是犯人。她說不定是真的害怕，才躲到食堂的角落。」

黑緒豎起食指和中指，比出V字手勢，將手指當成剪刀一開一合。

「藥袋先生說過凶器是剪刀對吧。不是一般的剪刀，而是用來修剪樹木的那種。義純先生家的庭院有蘋果樹。他為什麼從二樓拿來了美工刀？還有，為什麼他拿的不是剪刀，而是美工刀？要砍斷硬物的話，剪刀更安全吧。就算他們家用的是美工刀好了，明明應該要經常採收蘋果，工具不放在一樓太奇怪了。每次都要跑到二樓拿，不覺得很麻煩嗎？」

義純找工具摘蘋果的時候，枝奈子非常慌張。義純問黑緒要不要蘋果時，她也面露嫌惡。是怕他用的不是剪刀，自己的罪行會曝光嗎？

「還有，剛才枝奈子小姐說她『不知道』亞美小姐會吃安眠藥，怎麼可能。亞美小姐在吃飯時說過。是不是枝奈子小姐偷了安眠藥？然後交給了惠實里子小姐。因為只有枝奈子小姐有機會接近她。」

「那惠實里子小姐也是枝奈子小姐殺的嗎？」

「至少偷安眠藥的『那一個』，是枝奈子小姐。」

「『那一個』，意思是這起案件還有其他犯人？」

「有可能。因為大多是一個人不行，有共犯就辦得到的事。」

若是如此，枝奈子殺害真珠時有不在場證明也不奇怪。交給共犯即可。案發當時，周防家的門窗通通有上鎖。那麼，共犯是不是在周防家之中？

「假如妳的推理沒錯，周防家的人很可疑。案發當時，家裡的門窗是鎖著的。表示當天在家的吉永小姐或武藏先生是共犯。」

「要這樣說的話，大彌先生和紅玉小姐也是。」

黑緒補充道。她又提到那兩個人，白夜面露嫌惡。他們再怎麼沒良心，白夜都不覺得是那兩個小孩做的。

「臉不要那麼臭嘛。通常都會這樣想吧。」

黑緒咯咯笑著。白夜仍然愁眉苦臉，腦中浮現否定的話語，卻說不出口。

「哎，但應該不是那兩個人。他們就是因為沒辦法對真珠小姐出手，才去欺負惠實里子小姐。真珠小姐的事件不是突發性的，是計畫性的。這樣一想，就是你猜的吉永小姐或武藏先生了嗎。你覺得吉永小姐跟枝奈子小姐聯手，有沒有好處？」

吉永對亞美好像也沒有好感，所以白夜試著想像她和枝奈子共謀。可是，吉永對真珠沒有敵意，反而很喜歡她的樣子。幫忙謀殺亞美還可以理解，幫忙謀殺真珠不是很奇怪嗎？

「我認為沒有。本來以為是武藏先生，但武藏先生又懷疑枝奈子小姐是犯人。如果他們是共犯，理應會舉出其他人。不行，我想不通誰是共犯。會不會是枝奈子小姐想辦法獨自犯案的？」

「我倒覺得共犯的可能性比較高。所以，這次可以把有不在場證明的人也列進去，想想看誰是共犯。」

「不過不在場證明警方都確認過，無法推翻不是嗎？因為沒有可疑之處。」

「眼睛看見的東西未必全是真相，不是嗎？現有的情報無法推翻的話，收集其他情報就行。」

黑緒說得對。人類只會注視自己想看的東西。所以才會誤會，也會誤判。白夜像要逃避似的，將視線從黑緒身上移開。

她忽然在後照鏡看見熟悉的面容。人影逐漸接近。黑緒好像也發現了。是枝奈子。她把手放在背後，像在散步似的走在路上，卻心神不寧地左右張望。

嫌犯在靠近這邊，白夜有點緊張。這裡是人跡罕至的停車場。待在車內的期間，他只看過一位行人。是發生什麼事都不奇怪的絕佳地點。

「那個。」

枝奈子走到副駕駛座旁邊，跟黑緒說話。由於車窗是關起來的，他們聽不太清楚。白夜困惑地看著黑緒。黑緒用眼神叫他開窗。儘管有點猶豫，白夜還是打開了黑緒那一側的車窗。冷風灌進車內。

「怎麼了嗎？」

黑緒笑著詢問。枝奈子小心翼翼地環視周遭，然後把手放在嘴邊，彷彿要跟人說悄悄話。

「那個，我有件事想告訴妳。」

「什麼事？」

「關於真珠的事件。那個，在裡面，有點不方便。可以請妳出來嗎？」

枝奈子是最可疑的嫌犯，因此白夜猜測她是不是來自首的。要自首的話，去警察局比較好。

他邊想邊注意枝奈子的行為舉止。那焦慮的模樣，與其說是對於坦誠罪行的恐懼，更像準備做壞事的不安。白夜感到異常恐懼。

黑緒不顧白夜的擔憂，打開車門準備下車。與此同時，枝奈子將背在身後的手拿到身前。手裡拿著東西。散發深灰色的光芒。

枝奈子果斷地將「它」刺向黑緒的心臟。

菜刀俐落、溫柔地貫穿黑緒的心臟。

「呃！」黑緒只是呻吟一聲，靠在椅背上一動也不動。白夜看著這一幕，發出錯愕的聲音。

「成、成功了……」

枝奈子得意的聲音傳入耳中。白夜終於有了黑緒被刺殺的真實感，放聲哀號。

「咦？式鬼還會動？這個人死掉，式鬼不是也會跟著停止活動嗎？沒關係，不會有問題，不會有問題。只要把他也一起殺掉就好。」

枝奈子自言自語著。兩眼黯淡無光，眼神宛如死魚。

她望向白夜，從黑緒的胸口拔出菜刀，重新握緊。她在走向駕駛座——理解這件事的白夜下意識鬆開離合器，踩下油門。一陣如同空轉的吱嘎聲後，車子像瞬間移動般拋下枝奈子，衝到馬路上。

刻在體內的動作，讓白夜自動踩下離合器，把速度切換到最快。他將油門踩到底，逐漸加速。映在後照鏡中的枝奈子的身影，如同海市蜃樓般消失不見。

枝奈子消失在視線範圍內，使激動的情緒平靜下來。白夜換檔調回平常的速度，呼喚坐在副駕駛座的黑緒。

「小黑，小黑！」

沒有回應，在那裡的只是一尊精緻的人偶。

第四章　她去了什麼地方？

1

抵達福音協會，白夜立刻跳下車，繞到副駕駛座，抱著不會動的黑緒飛奔而出。下午六點的鐘聲迴盪四周，彷彿在告知凶兆。

他趕往的地方是手術室。手術室只有相關人士可以進去，白夜也不例外。一抵達手術室，醫護人員就一把將黑緒從他懷裡搶過去。白夜只能呆站在手術室前面。

為什麼會變成這樣？都是因為要去調查那種事件。所以他才叫黑緒別再自以為警察跑去搜查。

白夜揪住胸口處的衣服。他聽見某處的線繃斷的聲音，可能是扯得太用力了，但他毫不在意。

「歡迎回來。」

轉頭一看，肆谷站在那裡。回來前他有事先聯絡，推測是手術室的人向她報告的。白夜用空洞的雙眼看著肆谷。

「辛苦了。還好嗎？」

她的語氣溫柔卻不帶感情，彷彿置身事外。白夜低下頭，咬住嘴脣。

近在身旁，卻什麼都做不到。誰料得到她會突然拿出菜刀？這也沒辦法。白夜試著這樣想，卻沒辦法輕易想通。

「說不定再也不能用了。」

肆谷冷淡地說。這句話觸怒了白夜。對她來說，連黑緒都是派不上用場就不值得關心的存在吧。這部分跟自己的父親很像。所以白夜才不喜歡肆谷。

平常白夜不會反抗他，也不會回嘴，今天他的情緒閥門似乎鬆掉了，發出像在吼叫的低沉聲音。

「小黑都變成這樣了，您不擔心嗎？您很中意她吧。」

「中意。是啊。嗯，因為她很優秀。」

肆谷把手放在嘴邊，優雅地呵呵笑著。白夜握緊拳頭。她沒有帶著式鬼，只要動粗就能制伏她。可是，做這種事也沒意義。只是在遷怒罷了。

「我也承認你的能力。所以黑緒撐不住的話，想一下接下來的搭檔吧。」

又還不知道她撐不撐得住，她怎麼有辦法那麼乾脆地去想之後的事？儼然是用輸送帶運送的貨物，一個換一個。傀裡師終究是消耗品。不工作就沒意義。

「你在生什麼氣？你不是討厭那孩子嗎？那有什麼好猶豫的？」

心中的想法被她說中，白夜像隻小鹿似的瑟瑟發抖。

他討厭黑緒。無論何時都很優秀，會做事，又可愛，大家都喜歡她。擅長隱瞞，嘴上說著是為自己，其實每次都在為誰犧牲。

身為雙胞胎，卻和自己截然不同。看到那麼優秀的她，被人拿來跟她比較，白夜一直以來是懷著什麼樣的心情生活的？他受到自卑感的摧殘，無時無刻都在嫉妒。他不可能有辦法喜歡上自己憎恨的黑緒。

儘管如此，她還是自己重要的家人、半身。他不想把她當成玩具對待，不會動了就換下一個。而且，只要黑緒不拒絕自己，就繼續跟隨她，是因為那會成為自己存在於此的意義。她無法想像黑緒以外的搭檔。

「還……不知道。」

他竭盡全力表示拒絕，語氣卻軟弱無力。父親明明已經去世，在肆谷面前他卻覺得父親近在眼前，產生瞬間回到孩童時期的錯覺。

肆谷面帶微笑，但看得出其中蘊含對白夜的輕蔑。感覺像在說是他害黑緒變成這樣的。他倒抽一口氣。

「真是美妙的手足之情。」

說不定是看錯了。肆谷臉上掛著溫柔的微笑。

她瞥了手術室一眼，沿著原路回去。昏暗的走廊逐漸吞沒肆谷的身影。肆谷消失在視線範圍內後，彷彿作了一場惡夢的疲勞襲向白夜。

他害怕待在手術室前面。因為黑緒搞不好會跟肆谷說的一樣，再也不會睜開眼睛的恐懼，正在緊逼而來。白夜轉身快步走向宿舍。

不會有事的。他在心中默念，趕往跟黑緒共同生活的房間。回去後，黑緒或許會跟平常一樣，躺在老樣子那張沙發上。他的腦中存在愚蠢的妄想。

抵達房間，打開房門。沙發映入眼簾。可是黑緒不在上面。心臟中刀的黑緒正在手術室。那才是現實。

「要醒過來啊。」

她一定很快就會恢復行動能力。像平常一樣嘲笑白夜，遇到事件就一頭栽進去。白夜則勉為其難地配合她。

真的這樣就好了嗎？手術成功，黑緒又能繼續活動，算是幸福嗎？還是直接陷入沉睡比較幸福？以式鬼的身分活動的黑緒閃過腦海。

「對不起，小黑。」

沒能保護好她的不甘及無意義的道歉脫口而出。黑緒不可能回應。

白夜搖搖晃晃地走向沙發，默默坐下。

必須思考今後該如何是好。繼續搜查，還是就此收手？這起事件對白夜而言無關緊要。然而，黑緒希望事件得到解決。既然如此，是否該為了黑緒調查到最後？

白夜深深嘆息，仰望天花板。露出水泥的天花板顯得冰冷不帶溫度，卻能讓現在的白夜心情平靜下來。

「枝奈子小姐為什麼要刺小黑？」

講出這句話，剛才的畫面便鮮明地浮現腦海。她跑來刺殺黑緒，推測是因為他們知道了枝奈子不想被人知道的事。而她犯下凶行，證明了犯人就是枝奈子沒錯。

為了封口，她捅了黑緒一刀。理由是？若黑緒的推理沒錯，可能是知道剪刀不在家裡的枝奈子情急之下做出的行為，以避免真相被人發現。

枝奈子捅了黑緒，足以叫警察逮捕她。那麼只要通知藥袋，讓他去抓人，逼她供出真珠事件的真相即可。

可是，那附近不但沒有監視攝影機，作為凶器的菜刀也留在枝奈子手中，手邊沒有證據。現在凶器八成已經被扔掉，也很難找到吧。黑緒人在手術室裡面，傷口應該被縫起來了，秀出傷口也無法證明是何時受的傷，不能拿來質問枝奈子。

手邊沒有任何能證明是枝奈子所為的證據。

既然缺乏證據，就算跑去跟藥袋說，他也未必會聽。而且藥袋又討厭黑緒。搞不好會笑著說「反正是開玩笑的吧」。

對兩人說的話照單全收，逮捕枝奈子，萬一枝奈子不是犯人，對藥袋而言可是大損失。向福音協會求助，結果還抓錯人，肯定會淪為同事的笑柄。沒有證據，對方就不會輕易相信。

一個人搜查果然辦不到。還是算了。

白夜垂下頭。遇到阻礙就立刻放棄，是他的壞習慣。

「不行！得找到犯人。換成小黑，她絕對不會放棄。」

白夜拍了下臉頰。快動腦。假設犯人是枝奈子，這一連串事件她是如何做到的？

真珠遇害時，枝奈子在收宅配。就算她能在趕在最早的死亡推定時間四點半殺死真珠，得瞬間從那麼大的房子逃到玄關，再走一大段路逃到外面的大門。除此之外，還要把周防家的大門鎖上。熟知那棟房子的人才辦得到。

枝奈子需要車子，好讓她在二十分鐘內從周防家回家。然而，南方家的行車紀錄器沒錄到車子開過的痕跡。代表她得用其他方法移動。

例如計程車。不過，沒聽說有計程車停在周防家附近的情報。不然藥袋他們應該會調查。

那她肯定是在離周防家要走五分鐘的那條大馬路叫計程車的。可是這樣的話，犯案後回到家得花半小時以上。殺害真珠對枝奈子來說應該有困難吧。

跟黑緒說的一樣，是不是該往存在共犯的可能性去思考？

「咦？」

白夜發現這個推理有漏洞。枝奈子必須有共犯才殺得了真珠。可是，這樣由枝奈子破壞真珠的遺體太奇怪了。

若真珠是被枝奈子以外的人殺掉的，枝奈子何必破壞真珠的遺體。真珠只看見凶手的臉，被傀裡也不成問題。不如說，枝奈子要擔心的反而是殺死真珠的犯人吧。為了避免自己這個共犯被抓到，殺掉犯人更安全。

那麼，想成所有的犯罪行為都是枝奈子一個人做的，有人幫她製造不在場證明，是否更加合理？

枝奈子的丈夫南方義純很可疑？他跟枝奈子住在一起，能夠幫她製造不在場證明。

義純說他在開視訊會議，不過會議是下午四點四十五分結束的。足夠讓他代替枝奈子收宅配。

為什麼沒有馬上想到呢？因為有不在場證明，就擅自排除義純的嫌疑。黑緒說不定想到了。所以她才會思考推翻不在場證明的方法。

警方有跟送貨員確認枝奈子收了宅配。當時是什麼狀況？是不是隔著對講機？那應該有辦法造假。白夜立刻打電話給八月朔日。

電話在響了五聲後接通。聽筒傳出吸麵的聲音。他好像在吃飯。白夜今天真的很不會抓時機。

「啊，您還在吃飯嗎。對不起。」

『沒關係。現在與其說在吃飯，比較接近點心時間。怎麼了嗎？』

「那個，聽說真珠小姐遇害時，枝奈子小姐在收宅配，警方跟送貨員確認過了對吧？」

『對啊。』

「有問她是在什麼狀態下收貨的嗎？」

『枝奈子直接出來，跟平常一樣親自收貨。』

白夜推測錯誤。枝奈子有跟送貨員見到面。儘管如此，他仍未放棄，接著針對第二個推理發問。

「有讓對方看枝奈子小姐的照片，確認收貨的是本人嗎？」

『你似乎在懷疑其他人扮成枝奈子收宅配。很遺憾，警方有拿照片給送貨員看，確認是枝奈子沒錯。我們也考慮過這個可能性。因為枝奈子和亞美關係不好的樣子，聽說她跟真珠同樣處不來，表示枝奈子也有殺死真珠的動機。但她做不到。確實是枝奈子本人收的貨。』

他想到的可能性，警方一開始就考慮到了嗎。

除此之外呢？既然她是跟義純聯手，有沒有可能是義純負責殺人？可是如同他剛才所想，若是義純下的手，枝奈子沒理由破壞真珠的遺體。

不對，他們是夫婦，怎麼會沒理由。枝奈子無依無靠，只能依賴義純，對義純言聽計從。少了義純她要怎麼辦？是不是因為這樣，枝奈子才幫義純的忙？

這個推理有問題。義純有無法推翻的不在場證明。假如只有枝奈子的證言，倒有可能是騙人的，但除了她以外，還有三個人為義純作證。

有沒有可能是會議開始的時間比實際時間更早？

「那個，義純先生真的是在下午四點半到四十五分之間開會的嗎？會不會其實是更早開始的？」

『是那個時間沒錯。跟出席者也確認過了，還留有紀錄。他們好像一直都會錄影，方便製作議事錄，警方有收到當天的份。我親眼看過了，包含日期在內，會議內容跟證言沒有出入。難道你在懷疑義純？』

八月朔日語氣雀躍。白夜不像黑緒一樣有自信，因此無法肯定。他聲音微弱，支吾其詞。

「還不清楚。我想重新思考一遍有不在場證明的人犯案的可能性。」

聽見失望的嘆息聲。白夜的聲音卡在喉嚨，不曉得該說些什麼。這種時候，笑著打馬虎眼就行了嗎？還是該罵他不要期待一般民眾幫上忙？

『哎，沒辦法。這次連九十九小姐都沒轍嗎。』

電話另一端傳來輕輕的「叩」一聲。接著是八月朔日喊痛的聲音。看來藥袋也在旁邊。他因為寄望黑緒破案的關係被罵了。

小黑想必推理得離真相不遠。要是沒被枝奈子捅，現在……

他又在依賴黑緒了。總是這樣。離開人世後還是在依賴黑緒。毫無進步。

——自己想一下吧。你有腦袋可以用。

黑緒那句話浮現腦海。

沒錯。他必須自己思考。用自己的腦袋思考。為此，全都必須由自己親自確認。只能推翻不在場證明了。現有的情報無法推翻的話，只能收集其他情報。

有沒有不足的情報？自己不知道的資訊。看過義純的會議紀錄，是否會明白什麼？

「請問……義純先生的，那個會議紀錄，可以給我看嗎？」

『會議紀錄？』

八月朔日的聲音到此中斷。聽得見微弱的交談聲，所以通話並未中斷。應該是在跟藥袋商量。

『那好歹是證據。』

聽起來很勉強。該怎麼說他才會願意借他看？枝奈子肯定有涉案。那麼，她身邊的人就是共犯。義純的嫌疑最大。只要看了會議紀錄，或許就能發現什麼之前沒注意到的異狀。

「那、那個，搞不好，跟刻耳柏洛斯有關……所以……」

他試著模仿黑緒，可惜沒能說到最後。白夜支吾其詞，聽筒傳來一陣輕笑。

『藥袋先生說隨便我。代價是出事的話責任要我自己扛。他可是前輩耶，怎麼這麼過分。心胸有夠狹窄。』

八月朔日豪爽地笑著。他自己大概也知道，要是有個萬一，藥袋會幫忙處理。白夜也親眼看過好幾次。藥袋比想像中還要照顧人。

「意思是，您願意給我看嗎？」

『這是特例喔。』

「那——」

白夜覺得眼前一片開闊。他正想跟八月朔日討論要怎麼拿會議紀錄，八月朔日的語氣突然變得嚴肅。聽見他在詢問『失蹤？是誰？』的聲音。

誰失蹤了？在他思考之時，八月朔日對白夜說道：

『南方枝奈子失蹤了。』

「怎麼會！」他忍不住大叫。

『是義純報警說枝奈子不見的。他說你們回去後，枝奈子出去買東西，到現在還沒回來。現在搜查官在前往南方家。你剛才去過他家對吧？有什麼頭緒嗎？』

她捅了小黑卻沒殺掉我，應該是覺得自己會被抓，企圖逃亡吧。

白夜本想告訴他黑緒被枝奈子拿刀刺了，最後決定作罷。這樣就得把她被刺的原因也全盤托出，但還不能確定。若這個推理是錯的，可能會擾亂搜查。

「沒有。」白夜只回答了這一句，八月朔日遺憾地嘟囔道『是嗎』。他有點良心不安。自己說不定知道重要的情報。可是那種缺乏根據的推理，白夜沒有有自信到沒證據還敢說出口。

『知道了。啊，對了。義純的會議紀錄，存在ＤＶＤ裡面給你行嗎？畢竟容量很大，我也不想留下傳送檔案的紀錄。我最遠可以到東京站，如果你願意跑一趟就太好了。』

「沒問題。謝謝您。」

白夜對看不見人的八月朔日跟藥袋鞠躬行禮。

2

一講完電話，白夜就開車前往東京站。花了快一個半小時。很久沒在副駕駛座沒人的情況下開車了，他靜不下心。

兩人約在丸之內線北門的閘門前。八月朔日發現白夜，笑著迎接他，手裡拿著一個褐色信封。

兩個身材高大的人站在一起，氣勢十足。他們的身高加起來將近四公尺。大概是因為這樣吧，周圍傳來「喔」、「好高」的驚呼聲。白夜駝背讓自己看起來沒那麼高，以免引人注目。

八月朔日將信封遞給白夜。裡面似乎就裝著義純的會議紀錄。白夜伸手道謝，卻只說了個「謝」字。因為伸出去的手撲了空。

「九十九小姐呢？」

八月朔日用褐色信封敲著脖子，環視四周。總是跟他在一起的黑緒不見人影，會感到疑惑很正常。而且，八月朔日可是知道黑緒的真實身分還對她抱持好感——更正，抱持好奇心的稀有人物。不可能沒發現。

白夜咬住下脣。本想拿到紀錄就馬上打道回府，八月朔日卻不准他這麼做。兩人的身高差距不大，想搶走信封可能沒有多大的難度。但對方是警察。要是他告白夜妨害公務就糟了。

「……在車上。」

「你們平常都黏在一起，今天她卻在車上等？」

「因為這種雜事全是我的工作。」

八月朔日雙臂環胸，撫摸下巴。觀察的視線在白夜身周繞來繞去。白夜戰戰兢兢，怕他是不是發現黑緒並不在場。

負責推理的人是黑緒。要是他知道黑緒不在，搞不好會懷疑白夜有沒有能力推理，不肯給他看證據。

「這樣啊。」

本來是這麼擔心的，八月朔日卻惋惜地低聲說道，把褐色信封遞給白夜。白夜鬆了口氣，伸出手。

褐色信封又逃走了。他望向八月朔日，八月朔日嘴角上揚，將頭髮由前往後梳。

「你說謊。怎麼可能。我知道你跟僕人一樣，什麼事都為九十九小姐做，可是九十九小姐不可能讓你自己去見警察。畢竟這是探聽情報的絕佳機會。」

明明沒講過幾次話，他還真瞭解黑緒的個性。白夜在佩服之餘有點嫉妒。

「沒有啊……小黑也會累。」

「她怎麼可能會累。」

八月朔日大笑出聲。他的聲音太大，傳遍站內，引起眾人的注目。白夜低頭逃避那些人的視線，將身體縮得更小。

「所以，真相是？」

白夜判斷一直不告訴他，就拿不到ＤＶＤ，死心地嘆了口氣，決定向八月朔日坦承剛才發生的事。

「其實，小黑被枝奈子小姐拿刀刺了。」

八月朔日萬萬沒想到會發生那種事，驚訝得瞪大眼睛。

「什麼時候？」

「離開南方家後。我和小黑在停車場討論事件時，枝奈子小姐走到我們的車旁邊。當時剛好在討論她很可疑，所以我有多加戒備。可是，沒想到她突然拿菜刀出來……」

「你在電話裡不是說毫無頭緒嗎？」

因為說謊而遭到責備，白夜垂下頭來。早知道先跟人家說。他後悔莫及。

「對不起。」

「算了，反正我現在知道了。難怪九十九小姐不在。她被刺之前，你們在討論枝奈子很可疑，是可疑在哪裡？」

「南方家有棵蘋果樹，用來採收的不是剪刀，是美工刀。而且還是從二樓拿來的。枝奈子好像知道一樓沒有採收蘋果用的工具，小黑覺得不太對勁。」

「真珠的遺體是被剪刀破壞的。很可能是用南方家的剪刀嗎。那麼，枝奈子果然是這一連串事件的犯人囉。」

這個說法彷彿確定枝奈子是犯人了。確信枝奈子不可能有辦法殺害真珠的白夜，難以置信地回問：

「果然?已經確定了嗎?」

八月朔日露出納悶的表情從口袋拿出手機，滑動螢幕，將螢幕朝向白夜。用電腦打的文章，像鍊條般整齊地排列著。

「疑似是枝奈子失蹤前留下的。九十九小姐那件事也寫在上面。她沒跟你在一起，所以我在想說她該不會出了什麼事……結果是真的啊。」

白夜在八月朔日的催促下，借用他的手機讀起信件。

『本人南方枝奈子，在此承認我殺了周防真珠。

那一天，我在下午四點左右離家前往周防家。我事先叫真珠把門開著，所以輕而易舉就進到了裡面。我知道她的祕密，能夠威脅她。關於她的祕密，為了保全她的名聲，我就不說了。

進入周防家之後，家門果然事先打開了，我從那裡進入家中。由於那棟房子很大，沒人發現我進去了。我直接來到二樓，進入真珠的房間。然後悄悄用繩子勒住真珠的脖子。她試圖抵抗，但小孩子的力氣不可能比得過我。我輕易勒死了她。她一動也不動之後，我發自內心鬆了口氣，離開周防家。

我殺死真珠的理由，純粹是討厭她。最討厭她長得跟亞美小姐很像的這一點。就這麼簡單。

總而言之，真珠死了，我心情非常好。亞美小姐卻說要讓真珠復活，很荒謬不是嗎？我雖然不怎麼相信，萬一真珠真的復活，我的罪行就會暴露。我整個人慌了，想著一定要想辦法解決。

這時我想到刻耳柏洛斯這個團體引發的事件。那起事件令人印象深刻，我至今仍然記得。對現在的我來說正好拿來利用。我決定模仿他們，破壞她的遺體。

當天，我偷偷把家裡用來採收蘋果的剪刀藏進包包，和義純先生一起前往周防家。不能被任何人看見我破壞遺體，於是我打算利用我的丈夫。丈夫很愛我，只要告訴他武藏先生懷疑我，他一定會幫我說話。破壞遺體前，我按照計畫跟武藏先生起爭執，順利引起騷動。我在那段期間離開食堂，來到放真珠遺體的地方，用剪刀剪爛身體。

可是，這樣還不能放心。因為告別式結束後，我無意間看到惠實里子在跟真珠說話。自此之後，她就一直躲著我。她好像知道了。遲早會跟其他人說。我心想只能殺掉她了，便借走亞美小姐的安眠藥，在沒人發現的情況下連同一封信交給惠實里子。上面寫著「真珠有寄放東西在我這邊，我想拿給妳。不過這件事不能被媽媽知道，把這個給她喝讓她睡著吧」。她和母親一樣，被真珠迷得團團轉，所以我確信她會聽我說的話。果不其然，她一臉疑惑，最後還是沒把它丟掉，也沒有拿給母親看，偷偷收進口袋。

等到警方偵訊完，我隔了一段時間，確認丈夫睡著後，前往惠實里子家。跟殺害真珠時一樣，我事先叫她把門打開，因此毫不費力地就進去了。惠實里子要是復活，同樣會給我造成麻煩，所以我在殺掉她之後，跟破壞真珠遺體的時候一樣，除去她的眼睛、舌頭和手指。

本以為這次一定不會出問題，又來了一場災難。這次換成那個叫九十九的人來了，要為真珠的事件打聽情報。應該是想玩偵探遊戲吧。真麻煩。而且都是因為丈夫多管閒事的關係，九十九小姐好像發現用來破壞遺體的凶器是我的剪刀了。到底什麼時候才能迎接安穩的生活？我迫於無奈，只好去殺了她。可是失敗了。跟九十九小姐在一起的一先生逃走了。殺人時被他目擊的我，這樣下去遲早會被抓到。因此，我決定逃亡。

唯一的遺憾是，我什麼都沒跟丈夫說。

真的對不起。對不起，我是這樣的妻子。你要好好保重身體。

南方　枝奈子』

這封信的文字比起坦承罪行，流暢得足以稱之為小說。真的是那個枝奈子寫的嗎？

「根據這封信上的內容，全是枝奈子獨自作案的，你怎麼看？」

八月朔日從白夜手中接過手機，塞進口袋。

確實，看完這封信會覺得犯人是枝奈子。殺人手法也寫在上面。可是，重要的情報有許多缺漏之處。

「我比較在意的是，有些地方描述得很詳細，有些地方則一個字都沒提到。例如她前往周防家的移動手段、殺害真珠小姐後是怎麼鎖上家門再離開的，還有破壞真珠小姐的遺體後，那部分的遺體和凶器藏到哪裡了。」

八月朔日像要打響指似的，用食指指向白夜。白夜因為事發突然，嚇得縮起下巴。

「原來如此。我就覺得怪怪的。還有，她說自己殺了九十九小姐所以要逃亡，有時間寫這麼長的信嗎？」

「枝奈子小姐在下午三點半到三點四十分之間攻擊我們。您接獲她失蹤的消息，是在我跟您講電話的時候，所以是下午六點過後。時間是足夠沒錯，但我實在不覺得要逃亡的人會有時間寫信。」

「會不會是一開始就打算逃亡，事先寫好的？不對，她刺殺九十九小姐的事也寫在信上，應該不是。再說都要逃跑了，有必要特地留下那種東西嗎？」

「都逃走了還留下一封信說自己是犯人，會遭到通緝，一下就被抓住。這樣的話，她是在包庇其他人囉？」

白夜只想得到一個人。枝奈子不惜做到這個地步，也想保護他嗎？可是，對方有確實的不在場證明。有必要這麼做？

「總之，警方這邊會先去找枝奈子。一、兩小時照理說不會跑太遠。所以你去看一下這個，幫忙找線索出來。」

八月朔日將褐色信封遞到白夜面前。白夜愣在那邊。

「怎麼了？」

「呃，這樣好嗎？小黑不在喔。我不知道有沒有那個能力。」

八月朔日露出爽朗的笑容，宛如運動後的選手。

「你不是一直待在九十九小姐身邊嗎？那麼，應該能看出什麼吧。」

「咦，可是……」

白夜感覺到心裡流過一股暖流。他收下褐色信封，用力抱緊在胸前。從來沒有人對他有過期望。就算有，也總是作為黑緒的附帶品。

自己第一次被人需要的感覺，使他有點難為情，又克制不住喜悅。

「雖然這不是警察該拜託一般民眾做的事。我會不會被藥袋先生罵啊？」

八月朔日摸著頭髮，看起來並不是真的在煩惱。白夜下意識笑了。

「我明白了。看完後如果有什麼發現，我再聯絡您。」

白夜鼓足幹勁，八月朔日抬起右手，消失在人潮中。

3

回到宿舍，白夜馬上坐到書桌前，打開電腦放入八月朔日給的ＤＶＤ。

按下播放鍵，影片就開始播放。分成四等分的畫面中映著人臉，卻沒看到義純。

義純果然是共犯吧？白夜的疑心加重了。可是過了大約一分鐘，義純的臉也出現在畫面中。他向其他人道歉『不好意思網路不穩』。

白夜試著思考這一分鐘的空檔有何意義，但八月朔日什麼都沒說。義純晚到的這一分鐘應該跟他說的一樣，是網路不穩導致的吧。白夜沮喪地看下去。

每個人似乎都是在家裡開會的，房間看得出各自的性格。一個人在背後掛著布遮住房間，一個人毫不介意，身後就是棉被都沒折好的床鋪，另一個人在背景播放影片，義純則是用白色壁紙當成背景。

四人互相問候，閒聊了一分鐘左右才開始開會。內容是業務改善的方法。義純好像是司儀，提出問題向另外三個人徵求改善手段。一有人提出意見，他就會重複一次，跟所有人提問。

白夜想著他會不會是假裝在參加會議，但這也不可能。義純的身分必須積極發言，播放事先錄好的影像跑去殺真珠，難度相當高。

他仔細觀察這十五分鐘的會議紀錄，沒看到任何可疑之處。四個人都認真地開會到最後，從未受到打擾。沒人離開去上廁所，也沒有被什麼東西妨礙，導致會議中斷。

警察也看過這段影片，判斷沒有問題。不可能那麼容易就找到證據。

然而，義純作為枝奈子的共犯是最適合的。只要想成是為了包庇義純，枝奈子留下那封信也說得通。可是，義純的不在場證明無法推翻。難道他不是共犯？

不行，八月朔日那麼看好他。白夜打起精神，決定再重看一次。

當他看到第十次的時候。

還是什麼都沒發現。他開始記住出席者的對話內容，大概是因為看得太多次。影片都停止播放了，都還會聽見幻聽。

看這麼久了，為何毫無收穫？

不是義純嗎？那枝奈子為何要特地留下那封信。有其他人該懷疑嗎？若有，對方又是誰？

手機震動起來。螢幕上顯示著八月朔日的名字。發生了什麼事嗎?還是找到枝奈子了?白夜懷著期待接起電話。

「喂。請問有什麼事嗎?」

『不是多重要的事。剛才有個問題忘了問。』

看來不是找到枝奈子了。白夜失望地回答:

「請說。」

『為什麼被捅的人是九十九小姐?要殺的話殺你比較適合吧。』

噢,原來是要問這個。白夜嘆了口氣。這並不奇怪。她只是想殺掉傀裡師罷了。

「因為她以為只要殺掉小黑,我也會跟著死。我們在跟大家介紹傀裡時,說生命力會從身邊的人身上取得,我猜她是因為這樣才誤會。實際上,就算殺了傀裡師,式鬼也不會死。」

『噢,她誤會了嗎。』

「嗯。因為我們沒有說。」

『這樣啊。我懂了。』

八月朔日恍然大悟地說。比起那個,白夜有個疑惑。

「那個,我聽見義純先生的聲音,您還在義純先生家嗎?」

他望向手錶,再十分鐘就到凌晨十二點。離義純報警過了一小時以上。也該搜查完家中了。

『不是不是。我在聽剛剛的錄音，看能不能查到枝奈子去了哪裡。』

「我還以為您肯定還在義純先生家搜索。」

『沒待那麼久啦。啊，對對對。我稍微搜過他們家，果然沒找到用來採收蘋果的剪刀。』

凶器果真是疑似由枝奈子使用的剪刀嗎？

『總之就是這樣。幸好解開疑惑了，謝囉。如果你有看出什麼再告訴我。』

「啊，好的。知道了。」

八月朔日只說了這些。通話時間不到兩分鐘。專程為了問這個打過來嗎？看來他挺在意黑緒被刺的事件。

白夜將手機放到桌上，重新面向電腦。

好，又得繼續看會議紀錄了。再看兩、三次還沒頭緒，就乖乖放棄，懷疑其他人吧。

他重新播放影片。交談聲有如音樂，緩緩從音響傳出。習慣聲音的大腦開始思考其他事。

把小黑送到手術室後，沒有接獲任何通知。不曉得小黑現在的狀況如何。該不會死了吧。

啊，又來了。又要變成這樣了嗎。罪惡感及悔恨湧上心頭。

小黑走掉的話，一定會有很多人難過。肆谷班長、五木先生、其他傀裡師和福音協會的成員。八月朔日先生也擔心得打電話過來。如果自己遇到同樣的事，想必不會有任何人擔心。

白夜回憶著至今以來與黑緒一同做過的傀裡，感到一陣空虛。

他忽然覺得會議紀錄不太自然。說不清是什麼。但有種異樣感。

為了查明異樣感的源頭，白夜更加專注地凝視螢幕，提高音量豎耳傾聽。十五分鐘後，巨大的聲音傳遍室內。在影片的十分鐘處。白夜瞪大眼睛。

「啊，是嗎。一開始就這麼做就行了。」

白夜發現影片中少了關鍵的東西。

4

隔天，白夜來到南方家。下午六點。逢魔時刻，太陽已經完全下山了。

他按下電鈴，沒有馬上得到回應。屋裡的燈是開著的，肯定有人在家。白夜又按了一次，這次很快就有人接了。

『一先生，怎麼了嗎？』

義純語氣鎮定。昨天才發生過那種事，所以白夜原本還擔心他不會應門，幸好有人接。

「聽說枝奈子小姐失蹤了。關於此事，我無論如何都想來找您談談。」

『內人給您添了很大的麻煩……啊，站在門口說話也不太好。我現在開門，進來談吧。』

他講話停頓了一下，語氣卻很平靜。義純掛斷對講機，過不到一分鐘，外面的門就開了。神情疲憊的義純走出來迎接白夜。

「來，請進。」

白夜鞠躬行禮，走進家中。室內有開暖氣，很溫暖。昨天枝奈子坐在沙發上，今天卻沒看到她。她失蹤了，所以這也是無可奈何。

「要不要來杯咖啡……啊，你不能喝對吧。」

義純走向廚房想招待白夜，在途中停下腳步。白夜只回答了一句「是的」。義純害臊地搔著頭，坐到白夜應該會坐的地方的對面。可是，白夜沒有坐下，而是站在原地。

「那個，」義純的雙手在身前交握。「你想談的是昨天枝奈子殺死九十九小姐的那件事吧。」

「殺死？」

「昨天，警察告訴我九十九小姐被殺時，我大吃一驚。沒想到枝奈子會做那種事。連真珠跟惠實里子都是她殺的。」

義純面容扭曲，舉起握緊的拳頭捶向膝蓋，後悔地接著說：

「我想，一定是因為我們沒有小孩。我們結婚都過了五年，卻完全懷不上小孩。枝奈子的夢想是有自己的小孩，她應該很受打擊吧。所以，枝奈子說不定是因為自己無法懷孕而嫉妒真珠，失手殺了她。幸好你沒事。就算傀裡師不在，式鬼還是動得了呢。」

善解人意的丈夫。連犯下殺人罪的妻子都在同情，試圖幫她說話，儼然是個聖人。

「式鬼沒有傀儡師也能活動。因為他們是特製的。」

「這樣啊。」義純揚起嘴角。

「話說回來，不知道枝奈子小姐去哪了。您有沒有頭緒？」

「說來慚愧，我不知道。枝奈子不太會聊到自己，平常都是我在說話。早知如此，真該多問問她的事。」

義純掩著臉呻吟道。白夜默默等待他恢復鎮定。過了數分鐘，義純抬起頭。眼角留有淡淡的淚痕。

「義純先生，我今天來府上打擾，是因為關於枝奈子小姐的事件，我無論如何都有問題想請教您。」

白夜站在巨大的玻璃窗前。窗外，被屋內的燈光照亮的草坪正在隨風搖晃。他透過玻璃窗上的倒影，看了義純一眼。

「查出什麼了嗎？例如其實枝奈子不是犯人？」

義純眼中看似帶有期待。白夜移開視線，呆呆望著庭院的蘋果樹。黑夜中，蘋果的紅依然顯眼。白夜心神不寧地轉動手腕，一面詢問：

「不是的。我想問的是枝奈子小姐留下的那封信。」

「呃，難道你看過了？」

「是的。我有認識警方的人。然後，我在那封信上發現了可疑之處。」

「可疑之處是？」

白夜打開手機給義純看。上面顯示著枝奈子寫的信。是八月朔日傳給他的。

「上面寫著她在收宅配前去殺了真珠小姐，但這個時間太奇怪了。死亡推定時間是下午四點半到下午五點之間。府上的汽車沒有開過的痕跡。那麼，應該可以想成是坐計程車。只不過，要是把車停在周防家旁邊，上新聞時司機可能會發現。因此在離周防家走路五分鐘的大馬路旁下車，回去時也一樣在大馬路旁叫計程車，這樣想比較自然。再加上周防家很大，從大門口到家門前有一段距離。考慮到這些因素，枝奈子小姐要趕上收宅配，最晚也得在四點二十分殺死真珠小姐。」

「提早十分鐘很奇怪？這不是死亡推定時間的誤差範圍內嗎？」

「我不這麼覺得。聽說屍斑很淡，眼角膜也才剛開始變混濁。眼角膜會在死後三十分鐘後開始變成濁白色。數分鐘也就算了，差了數十分鐘的話，遺體被發現時角膜應該會變得混濁不清。幸好發現得快。」

聽見「幸好」一詞，義純露出微妙的表情。在談論死者時講「幸好」不太好，白夜在心中反省。

「除此之外，那封信也有好幾個可疑之處。」

「好幾個？到底是哪裡可疑？」

他的表情，有如引以為傲的作品受到跟自身想法相反的嚴格批評的藝術家。白夜指著手機螢幕上枝奈子所寫的信，告訴義純。

「周防家的門都鎖起來了。上面沒有寫殺死真珠小姐後，她怎麼上鎖離開的。還有，破壞真珠小姐的遺體後，少掉的身體部位 和凶器藏在哪裡，她也沒有說明。而且既然要逃亡，她還有時間寫這麼一大篇文章嗎？」

「最後一句話是在對我道歉。她可能是怕逃走的話會給我添麻煩，特地留下的。畢竟我好像也有受到懷疑。」

「那她應該要把自己的所作所為通通寫清楚，這樣你更不容易被懷疑。所以我是這樣想的。不是沒有寫清楚，而是不能寫清楚。」

「聽你這樣說，怎麼像這封信不是枝奈子寫的一樣。」

義純將視線從手機裡的信移到白夜身上，皺起眉頭。

「沒錯。犯人擔心如果寫得太詳細，自己捏造的不在場證明說不定會被拆穿，所以沒有全盤托出。還有，枝奈子小姐是為了避免被警方抓住才逃跑，不立刻收拾行李逃走，太奇怪了。除此之外，您說她是為了避免您遭到懷疑才留下這封信，這樣的話比起逃走，讓警方抓住不會比較適合嗎？這樣更能證明您的清白。」

「什麼，所以那封信不是枝奈子寫的嗎？到底是誰？只有枝奈子、我、姊姊有這棟房子的鑰匙。」義純摀住張大的嘴巴，身體瑟瑟發抖。「難道是姊姊？」

白夜的眉毛垂得低低的。絕不是出於哀傷。而是因為他覺得義純非常可憐。**為了脫罪**，不惜拿最喜歡的姊姊當擋箭牌。

「這封信是您寫的。義純先生。」

義純張大嘴巴。過沒多久，他大笑出聲。笑聲傳遍客廳。

「為什麼我要寫那種信？」

「因為您就是枝奈子小姐的共犯……不，您就是**殺害真珠小姐的犯人**。」

白夜直盯著義純的眼睛，用毫無起伏的聲音說道。義純沒有移開目光，凝視白夜，露出扭曲的笑容。

「怎麼這樣說，我有不在場證明耶。我做不到啦。開會時的錄影我有提供給警察檢查過了。」

他的語氣變得很輕浮。八成是覺得可以不用繼續使用敬語了。或許這才是原本的他。

「ＤＶＤ我也看過了。是四人會議對吧。」

「什麼嘛，你明明就看過。那你也知道吧？我沒辦法犯案。真對不起那三個人，這麼忙還得接受偵訊。」

「您是在哪裡開會的呢？」

「這上面，二樓的房間。」

義純豎起食指，指向門口那個方向的天花板。白夜慢慢轉頭望向那邊，接著將視線移回義純身上。

「騙人。那場會議不是在這裡的二樓開的。」

「不是這裡，那會是哪裡？開會不只要用到電腦，還得有網路，不是到哪都能開會喔。」

視訊會議要用到的，頂多只有電腦和網路設備。只要有這兩個東西，不管室外還是室內，就算是宇宙也好，在哪都能開會。

「沒有網路就不能開會，反過來說就是只要有電腦和網路，在哪都能開會。」

義純皺起眉頭。看得出他很不愉快。白夜不喜歡別人對他露出那種表情，迅速別過頭，用手按著瀏海遮住眼睛。

「會議是**在真珠小姐的房間開的**吧。」

「我不懂這句話的意思。我可是在真珠被殺的時候開會的。」

「您當時有晚到對吧？您故意在跟開會時間重疊的時間殺害真珠小姐，參加會議。然後直接留在那邊開會。真珠小姐房間用的壁紙，是一般家庭常見的白色塑膠壁紙。這棟房子也用了同樣的壁紙。花紋可能不太一樣，可是視訊攝影機拍起來畫質會變差，沒辦法看見細節，應該不會被發現。」

白夜望向沙發後面的壁紙。義純立即否認。

「這樣講不是很奇怪嗎？光憑這些證據，無法證明我是在真珠的房間開會吧。因為既然在哪都能開會，代表在這裡也可以。不對，我就是在這裡開會的。你的論點太過牽強。雖說我的不在場證明比其他人更好推翻，你的推論未免太不合理。而且，枝奈子也有聽見我在開會。啊，你是不是想說因為枝奈子是共犯，她的證言也是騙人的？」

義純大概是在緊張，表情雖然沒變，話卻變得非常多。白夜確信了。義純就是犯人。

「不，我認為枝奈子小姐是在您**殺害真珠小姐之後**提供協助的。所以，她應該是真的聽見您開會的聲音。」

「那我不就不可能下手了?你講的話互相矛盾耶。我和枝奈子是共犯,可是案發當天枝奈子還不是共犯,不是共犯的枝奈子在這個家聽見我開會的聲音。整個莫名其妙。」

義純像在嘲笑白夜般笑著說道,看起來稍微鬆了口氣。

「成為共犯前的枝奈子小姐,確實有聽見您開會的聲音。不過,枝奈子小姐聽見的不是這次的會議吧。既然這次開會有錄影,上次和更之前的會議,照理說也會有。您應該是事先開好電腦,設定成四點半一到,就會播放內容與那次的會議類似的錄音。」

這樣枝奈子聽見聲音並不奇怪,義純自己也能在其他地方開會。要不是有兩台電腦,就是把電腦放在自己家,開會時用周防家的電腦。視訊會議不會顯示現在位置,所以不用擔心被人發現他不在家中。跟大彌和紅玉外出欺負惠實里子時,捏造不在場證明的手法一樣。

「真的亂七八糟。你忘記一個大前提。那一天,吉永小姐、武藏先生、大彌、紅玉都在那棟房子裡。吉永小姐在遠處的廚房,武藏先生說他在自己的房間,要是真珠的房間有什麼動靜,他們搞不好還不會發現,可是大彌跟紅玉就在真珠的房間的正前方。不僅要殺死真珠,還得在那個房間開會,通常會被聽見。還是你要說我把音量控制在不會被聽見的程度?這樣參加會議的那三個人應該會覺得奇怪,他們卻沒有提到。看影片就看得出來了吧。」

「您知道當天大彌先生跟紅玉小姐不會在家,所以才用正常的音量說話。真珠小姐的房間在靠裡面的位置，兒童房前面又有一扇門，只要大彌先生和紅玉小姐不在，講話稍微大聲一點也不會被聽見。」

大彌跟真珠的房間會傳出電視聲，會議紀錄卻沒錄到。八成是他在殺害真珠後把音量調低，開完會才調回去。但他沒有調回原狀，所以大彌才會說回來時音量變小了。

「那也太賭運了。要是他們兩個在家怎麼辦？別說開會，連殺害真珠都做不到。」

「不，你早就知道了。每個禮拜五，他們都會趁亞美小姐參加茶會時偷溜出去。」

義純理應知道亞美會在真珠不用上課的星期五開茶會，吉永會在下午四點左右進廚房、武藏下午五點前都會待在房間。

亞美和義純感情很好，平常就會聊天，他知道周防家的情報也不奇怪。

「而且，這場會議並沒有錄到**該有的聲音**。」

義純拚命思考這句話的含意。可是，他不可能明白。那是當天不待在家裡，就不會注意到的聲音。

「您知道那一天，家裡附近有救護車來嗎？就在斜前方旁邊兩棟的那一戶，應該聽得見才對。」

義純睜大眼睛，發出呻吟般的「喔喔」聲，尷尬地回答「我知道」。白夜心想，他說謊。

「救護車是在二月四日下午四點四十分抵達的。在您**開會開到一半的時候**。沒錄到嗚笛聲也太奇怪了吧。」

義純的視線瞬間飄向旁邊，然後又飄回來看著白夜。他僵硬地扯回原本的表情，彷彿痛苦不堪，硬是否認道：

「不一定吧。畢竟我關著窗戶。會不會只是麥克風沒收到音？」

「那麼，請讓我看看之前的會議紀錄。我確認一下。」

昨天義純才說過宣傳車很吵。既然如此，應該會有錄到室外雜音的會議紀錄。就算什麼都沒找到，只要拜託藥袋他們調查連線紀錄，也能查到案發當天有人用過周防家的網路吧。

義純聞言，顯得十分動搖。他的右腳不停跺步，開始抖腳。從容不迫的表情消失不見。白夜繼續追擊。

「您以前就會去真珠小姐的房間吧。」

義純用力抬起低下來的頭，瞪向白夜，只有語氣裝得跟被害者一樣。

「怎麼可能，我為什麼要這麼做？」

「為了騷擾真珠。」

他原本以為義純沒有動機。可是，假如他會非禮真珠呢？武藏說過義純夫妻來家裡時，真珠的反應不太對勁。不是因為害怕枝奈子，而是厭惡義純吧？

義純知道大彌跟紅玉回家的時間，殺害真珠再離開的速度又太快了，很可能以前就會在不被任何人發現的情況下跑到真珠的房間。八成是威脅真珠叫她事先把門打開，跟信上寫的一樣。

肯定都是在星期五。真珠每次都會阻止亞美去參加茶會。本以為是想避免惠實里子被欺負，另一部分也是因為，那一天會有討厭的人來家裡吧。真珠認為只要母親在家，自己就不會有事，拚命試圖挽留亞美。

明明可以跟吉永或武藏求助，她卻沒有這麼做，是因為那兩個人可能會離開。或是有人威脅她。

『如果妳敢把這件事跟爸媽說，他們會不再愛妳。如果妳敢跟吉永和武藏說，他們會被趕出去。如果妳敢跟其他人說，人家會覺得妳愛說謊。』

大概是用這種理由威脅她的吧。周防家權力最大的人是亞美。亞美似乎不怎麼喜歡那兩個人，只要義純開口，要把他們趕出去想必易如反掌。真珠在家裡能信賴的人應該不多，照理說不會感覺不到那個氣氛。

「有些話不能亂說。」

「您深愛著姊姊。不過，姊姊和大和先生結婚了。也許您一開始是放棄了沒錯，但看到跟姊姊長得一模一樣的小孩出生時，您心中是不是產生了邪惡的念頭？」

「怎麼會！你在想什麼？她是姊姊的小孩，而且我們年紀差了兩輪。真珠還只是個小學生啊。」

「起初您可能光用看的就滿足了。可是隨著距離愈來愈近，您終究控制不住自己的慾望。還是小孩的真珠，不管被你做什麼都無法抵抗。因此，您拿真珠小姐代替姊姊，將無法傳達的心意發洩在她身上。不過真珠小姐從途中開始拒絕您。您擔心這樣下去她會跑去跟別人說，決定殺害真珠小姐。」

「咚！」一聲巨響傳來。是義純用拳頭砸向沙發前的矮桌的聲音。

「別說了。那孩子只是小學生啊。」

「就因為她只是小學生。沒有力氣。講話也沒人相信。無法抵抗。所以……」

「你再講下去我就要生氣了。這根本是妨害名譽。又不是警察還在那邊亂調查事件，只會拖到破案時間吧！我要去跟協會投訴。」

義純失去剛才的冷靜咆哮道。白夜冷冷俯視他。他愈是生氣，這個展開看起來就愈老套。白夜將視線移回玻璃窗後面的庭院。他轉動手腕，思考片刻後回答：

「請便。」

反正什麼事都不會發生。就算發生了，也只要稍微受點處罰。對白夜來說不足為懼。

大概是看到白夜過於鎮定，恢復冷靜了，義純摸著額頭擦拭汗水。雖說室內有開暖氣，他流的汗可真多。跟盛夏一樣汗如雨下。

「你好像無論如何都想把我當成犯人，那一天，周防家的門不是有上鎖嗎？吉永小姐說鑰匙一把都沒少喔。」

「是啊。周防家的鑰匙有三把，大和小姐、亞美小姐各有一把，剩下那把放在家事室。犯人要拿的話，應該是拿家事室的鑰匙。」

「不是，就跟你說鑰匙一把都沒少了。」

吉永確實檢查過鑰匙的數量。然而，她沒確認**是否能夠使用**。

「如果那其實是另一把鑰匙呢？例如先跟別把鑰匙交換，下次去周防家的時候再換回來，看起來就會像鑰匙沒被動過。真珠小姐去世的話，亞美小姐應該會通知你，很容易就能進到家中交換鑰匙。」

「另一把鑰匙？你倒是說說我用什麼東西交換了。」

「自己家的鑰匙吧。周防家的鑰匙製作備份鑰匙的工程雖然很特殊，卻是隨處可見的扁平鑰匙。只要不是太特殊的形狀，應該不至於記得住，不太可能被發現。」

「枝奈子不也做得到？」

「提到那封信有矛盾之處的時候我也說過了，假如枝奈子小姐是犯人，她只能在四點二十分前交換鑰匙。這樣的話，大彌先生跟紅玉小姐就沒鑰匙可以用。但他們確實用了家事室的鑰匙鎖門，代表鑰匙是在大彌先生他們回家後被交換的。您就做得到。」

「又在胡扯。」義純不悅地嘆氣。「大彌他們也有可能沒用到鑰匙吧。」

「他們出門欺負惠實里子小姐了。要是沒鎖門，其他人會發現他們偷溜出去，霸凌行為也很可能因此曝光，所以您的假設並不成立。」

「看來你無論如何都想把罪名推到我身上。」

「會議在下午四點四十五分結束。開完會的您躲在家事室附近的房間，例如倉庫裡面，等待大彌先生他們回來，確認他們把鑰匙放回家事室後，拿自己家的鑰匙交換，急忙離開周防家回到家中。您出門時應該沒有鎖門，回到家卻發現門鎖起來了，因為枝奈子小姐收完宅配後鎖了門。直接按電鈴的話，枝奈子小姐會懷疑您為何在外面。因此你才去了便利商店一趟，製造按電鈴的理由，不是嗎？」

義純下意識咬緊下脣。明顯表現出內心的不甘。儘管如此，他仍舊沒有承認，也沒有否認，而是笑著打馬虎眼。

「假設真的是我殺了真珠。但我不可能破壞真珠的遺體。」

「是的。我也覺得不可能。」

「那——」白夜打斷義純說話，接著說道：

「這起事件不可能獨自作案。必須有共犯才能成立。」

「噢，所以你才想把我當成犯人。因為我是枝奈子的丈夫，最適合擔任共犯。可是，其他人也做得到吧。與其懷疑我，不覺得懷疑沒有不在場證明的人比較好嗎？」

「不，這是只有您做得到的事。不然枝奈子小姐沒道理破壞遺體。您好像想把枝奈子小姐當成主犯，但這個大前提是有問題的。」

「哪裡有問題？」

「如果枝奈子小姐是主犯，命令某人殺害真珠小姐，她用不著破壞真珠小姐的遺體。因為她自己沒有下手。想成主犯另有其人，枝奈子小姐是共犯更自然。」

「呃，就說了，枝奈子留下的信上就寫著自己是犯人吧。是你故意過度解讀那封信，想把我當成共犯。還是說，枝奈子有涉案這件事本身就是錯的？」

「枝奈子小姐確實與這一連串的事件有關。只是她並非主犯。」

義純抖腳抖得更用力了，彷彿在控制焦慮的心情。連白夜都聽得見沙發發出的吱嘎聲。

「我也說過，您就是主犯。枝奈子小姐是在破壞真珠小姐的遺體後才成為共犯。這個想法沒有改變。」

「笑死人。光是覺得我是主犯就夠奇怪了，你還說枝奈子是在遺體遭到破壞後才涉案？那她為什麼要中途才加入，而不是一開始就是共犯？跟這個論點比起來，像信上寫的那樣，從頭到尾都是枝奈子獨自作案，還比較有說服力。」

白夜緩緩搖頭。

「枝奈子小姐無法成為主犯。還有，**枝奈子小姐已經死了。殺死她的人也是您**對吧。」

5

「啊？」響亮的驚呼脫口而出。不只真珠，連失蹤的妻子都被說是自己殺的，義純對白夜的殺意似乎勝過了怒火。

「您知道真珠小姐會接受傀裡，害怕自己的凶行曝光，打算阻止傀裡。您決定模仿視協會為敵的刻耳柏洛斯的作案手法。不過，很可能會被發現是模仿犯所為。所以您決定設計出自己無法犯案的情況，這樣被發現也沒關係。」

「那為什麼會是枝奈子殺的？再說，你不是認為枝奈子是我的共犯？若我殺了她，她還要怎麼協助我？」

義純用食指輕敲太陽穴，一副懷疑白夜腦袋有問題的態度。

「有兩個理由。一個是要讓她背黑鍋，另一個是要**利用屍體**。」

「利用屍體？你在說什麼蠢話！」

「破壞屍體需要凶器。只要找不到凶器，就不會被懷疑。您這麼認為，尋找能藏凶器的地方。放在屋子裡遲早會被找到。於是，您決定創造一個不會有人去找的地方。」

「這跟殺掉枝奈子有什麼關係？一下說我是犯人，一下說枝奈子死了。你講話毫無邏輯。」

「**只要藏在屍體裡面，誰都不會去找**。您推測警方搞不好會調查真珠小姐的體內，判斷需要一具新的屍體。因此，您**用枝奈子小姐做了可以隨身攜帶的包包**。」

白夜借用大和詢問需不需要準備輕食時黑緒使用的「包包」一詞，跟義純說明。義純用力搖頭否認。

「別再說了。為什麼我要做那麼殘忍的事？她可是我心愛的妻子……」

他流著淚抱頭大叫，彷彿不敢相信那種殘忍的妄想。在白夜眼中，就像沉醉在自己的世界裡一樣。

那你為何不幫助被亞美欺負的枝奈子？白夜腦中浮現想問的問題，可是問了也沒意義，所以他並未詢問。

「為了將枝奈子小姐當成包包用，您在她看不見犯人的情況下殺了她，找來事先找好的流浪傀儡師，叫他復活枝奈子小姐。您大概是跟她說『強盜跑進我們家把妳殺了』。

枝奈子小姐很聽您的話，當時她又不可能懷疑您跟真珠小姐的事件有關，我想應該不會懷疑您的說法。」

枝奈子戴著口罩是用來遮住臉色，噴香水也是用來蓋過腐臭味的。穿得那麼厚，是為了掩飾僵硬的動作吧。

復活枝奈子的是前天抓到的流浪傀裡師。妻子被強盜殺死，傀裡儀式卻在工地進行，而不是家中，但那塊工地離這裡很近。

那名流浪傀裡師是五年前接受武藏委託的人。義純想必是聽亞美抱怨時順便聽說的。因此他才知道流浪傀裡師的存在，並找出那個人。

「太荒唐了。竟然說我把妻子當成包包……在此之前，我沒道理叫枝奈子破壞真珠的遺體。」

他的眉毛、嘴角、肩膀都垂了下來，彷彿在表示自己疲於反駁。白夜模仿黑緒，冷靜地繼續說明：

「枝奈子小姐會欺負真珠小姐。您八成是告訴她萬一真珠小姐復活，這件事也會曝光。搞不好還加上一句『這樣的話，姊姊和爸媽都會拋棄我，我將一無所有』。考慮到枝奈子小姐的個性，聽見您這麼說，她應該會覺得願意跟無依無靠的自己結婚的丈夫，說不定會被自己害得失去一切，驚慌失措。」

「就因為這樣?照你的說法，枝奈子已經死了吧。那她何必特地這麼做?」

「聽說枝奈子小姐平常就對您言聽計從。死後她依然不想被討厭，不忍心看丈夫因為自己受苦。她應該是出於這樣的心態才協助您犯案。枝奈子小姐跟信上寫的一樣，在您和武藏先生吵架的期間，跑去破壞遺體。然後按照您的指示，將**凶器和她剪下來的真珠小姐的身體部位吞進胃裡**。剪刀恐怕是棒狀握把的園藝剪，她直接吞了下去。大概就像表演吞劍的街頭藝人那樣。時間應該不夠給她拆解凶器，再說，不習慣操縱身體的人偶也不可能做得到這麼精細的動作。而且要是剪刀壞掉，破壞惠實里子小姐的遺體時就不能用了。」

「枝奈子當時在食堂，沒辦法犯案。」

「我們進入食堂時，枝奈子小姐不是站在自己的座位那一側，而是在我們背後。推測是犯案完剛回來。之所以找不到凶器和遺體的身體部位，是因為它們都在枝奈子小姐體內。」

「不、不對。我被她利用了。武藏把枝奈子講得很難聽，所以我才反駁他，就只是這樣。為什麼我要叫枝奈子做那麼過分的事？」

白夜聽見義純吞口水的聲音。嘴上在否認，他的臉色卻愈變愈白。白夜接著質問義純：

「還有，殺害惠實里子小姐的人也是您吧。」

「為什麼會扯到那孩子？」

義純繼續佯裝無知。還不承認嗎？白夜感到焦躁。

「惠實里子小姐無意間復活了真珠小姐。您意識到她在那個時候知道了什麼，決心殺害惠實里子小姐。證據就是惠實里子小姐看起來很怕您。」

佳彌去接受偵訊時，將惠實里子交給義純照顧。當時惠實里子醒來後尖叫個不停，一副世界滅亡的樣子。本以為是案發後母親突然不見，導致她陷入恐慌狀態，事實卻並非如此。她是因為殺害真珠的犯人就在旁邊，才嚇得尖叫。

「犯人是她的母親吧。她為了隱蔽自己的罪行，故意把屍體弄得跟真珠一樣。」

「那一天，佳彌小姐被人下了安眠藥。跟亞美小姐服用的安眠藥是同一種。」

「你想說我對她下藥嗎？不可能。我跟佳彌小姐只有在她託我照顧惠實里子的時候說過話。」

「您利用了惠實里子小姐。跟枝奈子小姐那封信上所寫的一樣，告訴她『真珠有話叫我跟妳說。我想瞞著妳媽媽跟妳談談，把這個給她吃』。您是在佳彌小姐接受偵訊時採取行動的。也是在那個時候告訴她，您會趁佳彌小姐睡著時去她家，叫她先把門打開。惠實里子知道您是犯人，但您拿真珠小姐當藉口，她才會照您說的做。」

若是乖乖被大彌他們欺負的惠實里子，光聽見真珠的名字就言聽計從並不奇怪。更遑論聽見真珠有話要轉達給她。

「我又不知道惠實里子住哪裡。」

「不知道也有辦法知道。只要把自己的手機偷放進佳彌小姐的包包裡，開啟定位功能即可。」

這部分八成跟黑緒推理的一樣。不出所料，被說中的義純看起來百口莫辯。只差最後一步了。白夜繼續轉動手腕。

「等一下。我有時間去拿安眠藥嗎？那個時候，幾乎所有人都是共同行動。頂多在你們來之前上過一、兩次廁所，但那也只有一、兩分鐘而已。你們回來後到事件發生前，我也沒去廁所。既然不知道藥放在哪裡，光那一點時間根本找不到。別跟我說我其實沒去上廁所，而是去找安眠藥喔。」

「不，枝奈子小姐有時間去拿。亞美小姐和大彌先生說大家都去過一次廁所。不過，枝奈子小姐**不需要上廁所**。因為她**已經死了**。」

義純倒抽一口氣。大概是覺得瞞不過去了。他開始拚命否認。

「不是。不是我，不是我做的。」

義純不肯認罪。他一定直到最後都不會承認。搞不好還在思考要如何反擊。這樣下去沒完沒了。那麼，**直接問她就行了**。

白夜打開窗戶。冰冷的空氣像被拽進來似的灌進室內。義純冷得摩擦雙臂，訝異地看著白夜。

白夜就這樣走到庭院。沒穿鞋子，只穿著一雙襪子。義純面露嫌惡。他叫住白夜，白夜卻不予理會，繼續前進。

他在蘋果樹前面停下腳步。地面鋪著草皮，只有那塊部分異常凹凸不平。

白夜一直沒停止轉動的手腕加快了動作。他忽然停下手，蹲到地上撫摸地面。接著，土壤像發生地震一樣開始隆起。

「喂，你在做什麼？」

義純急忙大叫。但他並沒有走過去。他站在原地，抓著玻璃窗瑟瑟發抖。

鋪在地上的草皮剝落，露出底下的土壤。兩根手指從土裡刺出，如同冒出新芽的植物。手指伸到空中，冒出形似細長白色陶器的枝幹，愈伸愈長，速度絲毫未減。形似花草嫩芽的那東西，變成蜘蛛的形狀，不久後化為一名人類。

「……義、純……先……生。」

是枝奈子。站起來的身體在左搖右晃。臉上毫無生氣，跟剛起床的時候一樣兩眼無神。枝奈子將被土弄髒的手伸向義純。義純嚇得尖叫，跌坐在地。

「既然您不說，問她就行了。」

義純的視線在枝奈子周圍游移不定，沒有固定在一個地方。

「你怎麼知道的？」

白夜看得見連接枝奈子的靈魂與身體的線。打從一開始，他就知道屍體埋在那裡。

「其實您想叫枝奈子小姐移動到更遠的地方，讓她的遺體在其他地方被人發現吧？您當初應該是拜託傀裡師在她復活的五天後中斷傀裡。無奈事與願違。因為傀裡枝奈子小姐的人，在昨天下午五點，結束了身為一名傀裡師的生命。枝奈子小姐的身體應該哪裡都沒去，倒在家裡吧。現在叫警察來的話，會被人發現死亡時間不對勁。於是您便把遺體埋進土裡，設計成失蹤。到利用我們在調查真珠小姐的事件為止，都進行得挺順利的，真可惜。」

「為、為什麼？」義純的聲音模糊到彷彿參雜雜訊。大概是喉嚨太緊繃了。

「您打從一開始，就想把所有的罪名推給枝奈子小姐，讓她失蹤。否則用不著故意讓我們看到家裡沒有剪刀。」

聽見白夜這句話，枝奈子有了反應。她肩膀顫抖，看起來像在哭泣。然而，她的雙眼並未流出淚水。所有的身體機能都停止了。枝奈子的身體，已經只能像人偶一樣活動。

「義、純……先生。」

義純臉上寫滿恐懼。他伸出右手，將手掌對著枝奈子，叫她別再靠近自己。

「枝、枝奈、枝奈子，誤會。那傢伙在胡說八道。希望妳體諒我的心情。我只是不想和妳分開，所以才把妳埋在妳喜歡的蘋果樹下。我深愛著妳。」

怎麼聽都只是藉口。即使如此，沒有聽見兩人剛才的對話的枝奈子，搞不好還會以為自己被丈夫愛著。枝奈子似乎在聆聽義純的聲音。

「枝奈子，我正在被人栽贓。求妳幫幫我。殺了那傢伙！就像殺死九十九的時候那樣。」

枝奈子轉身望向白夜。臉上帶有困惑之情。伸向義純的手放下來，垂在身旁。白夜的表情沒有變化，只是看著枝奈子。

「枝奈子，我愛妳。」

義純像在讀稿似的說道。就算只是表面上的言詞，對枝奈子來說應該也是重要的話語。枝奈子的表情看不出變化，卻有種在笑的感覺。

事情發生在一瞬間。枝奈子轉身撲向白夜。

白夜驚訝地向後跳。然而，枝奈子的手指已經伸到差一公分就能抓到他的距離，不可能逃得掉。

要是被抓住，白夜的身體會有什麼下場？沒有感覺的人偶難以控制力道，白夜的身體八成會被撕成跟紙屑一樣的碎片。白夜用力閉上眼。

一陣風拂過臉頰。接著是如同悲鳴的聲音響徹冰冷的夜空。

睜開眼睛，枝奈子伸出來的手臂，少了手肘前面的部分。不是被砍斷的，看起來像**被扭斷的斷面**。血塊從斷面掉到地上，形似小顆的蘋果。

義純大吃一驚。看到眼前的人，他還以為世界滅亡了。不意外——因為**以為已經殺掉的人類，面不改色地活動著**。

「昨天謝謝您的關照。」

黑緒將從枝奈子身上扯下來的手臂當成自己的手臂用，放在胸前優雅地向義純行禮。

「妳為什麼會在這裡！她應該把妳殺掉了啊。」

「為什麼呢。」

「……妳也變成了式鬼嗎？」

義純憤怒地環視四周，大概是在找傀裡師。這裡除了黑緒跟白夜外，沒有其他協會的人。

「不，我原本就是式鬼。我從來沒說過自己是人類。」

黑緒冷靜地說。義純啞口無言，似乎完全沒料到會發生這種事。

「怎麼可能。不可能！妳會吃飯，也會跟一般人一樣行動啊。」

「對呀。但我不是說了嗎？式鬼**也不是不能吃**。而且，尊夫人不也**吃過**了？」

黑緒語帶諷刺地說。

黑緒比白夜更像人類。因為本人是這樣表現的。所以知道黑緒才是式鬼的藥袋，看到黑緒就會罵她是「假人」，面露嫌惡。

「小黑是我的式鬼。您說您聽警察說小黑被殺了，那是騙人的吧。不可能。小黑已經死了，警方不會收到死亡通知。只會被送到協會**修補**而已。」

「怎麼會這樣。」

義純搖搖晃晃坐到沙發上。枝奈子見狀，發出如同呻吟的聲音。她好像在擔心義純。明明被利用了，為何會有那種感情？白夜十分納悶。

枝奈子朝白夜伸出另一隻手。應該是覺得只要殺死白夜，黑緒也會停止活動。處理掉他們兩個，就沒人知道真相。罪行不會曝光。

然而，她還沒抓住白夜，手臂就斷了。當了好幾年式鬼的黑緒，遠比剛醒來的枝奈子更習慣操縱身體。枝奈子的身體瞬間失去雙臂。

「為什麼要聽義純先生的話？您其實也隱約察覺到殺死真珠小姐的人，以及殺死自己的人，都是義純先生了吧。為什麼？」

面對黑緒的問題，枝奈子低下頭。雖然沒有流淚，她帶著泫然欲泣的表情說道：

「……是的。我最先，起疑的，時候……是在他叫我，去拿安眠藥，的時候。想要……的話，何不直接，去跟大姊拿，他沒有這麼做，大概是因為，有其他用途。」

枝奈子斷斷續續地說。但那也只有一開始而已，她講話變得愈來愈流暢。

「警察，問完話後，我回到家，發現他出門了，就覺得，事有蹊蹺。之後，你們來了，說惠實里子死了。當時我就明白，啊啊，全是這個人做的。不過，我無依無靠，一直孤單一人。是義純先生願意收留我，所以……」

「想至少在最後幫上他的忙？」

「很傻對吧。破壞真珠的遺體、被當成藏證據的道具，我都不害怕。因為這樣能幫上義純先生的忙……我也知道，那個人對大姊有好感。但我依然愛著他，不希望，他被抓。所以，就算有猜到可能是義純先生殺了我，我還是沒說出口。我以為，只要我什麼都不說，就能繼續一直在一起……」

枝奈子眼角沾到的土，跟眼淚一樣從臉頰滑落。無神的雙眼彷彿閃爍著淚光。

「真的很傻。」

黑緒喃喃說道。那是充滿慈愛之情的道別。

白夜覺得再傀裡下去，枝奈子的幻想會被破壞得不留任何痕跡，默默解除枝奈子的傀裡。

枝奈子的身體與蘋果一同落在地面。

「好了，要怎麼做呢。」

黑緒淘氣地望向義純。白夜也自然而然跟著看過去。四道目光射在身上，嚇得義純聳肩縮起身子。

明明逃不掉了，義純卻搖頭辯解。

「不是。不是我做的。是枝奈子……」

「您去真珠小姐家的時候好像沒有開車，是坐計程車去的吧。只要找到那輛計程車，就能知道您去過周防家附近。還有其他證據。」黑緒望向白夜。「只要跟這孩子說的一樣查下去，證據要多少有多少。」

「我承認我殺了枝奈子。可是，剩下全是枝奈子做的！不是我。」

他以為這樣講就能把罪名推給枝奈子嗎？白夜發自內心對義純卑劣的品行感到反胃。

「就算這樣，拿刀捅人的時候，您會說『不是我做的。是這把刀殺的人』嗎？警察會說『好！那我要逮捕這把刀』嗎？那可是物品，這樣講說不通吧？屍體也是物品。最後被問罪的人還是您。」

黑緒輕描淡寫地笑著說。義純放棄抵抗，肩膀用力垂下。

終章

確認義純不再抵抗後，白夜聯絡了藥袋。

他說出對義純也說過的推理，藥袋聽了呻吟出聲。不是因為他在通知警方前，先跟犯人說了推理內容，而是在為這特殊的結局感到困惑。

這次的事件並不尋常，畢竟跟傀裡過的遺體有關。大部分的真相都不能攤開在陽光下，必須遵循麻煩的手續處理。

『所以我才討厭你們這些傢伙。』

掛斷電話的前一刻，藥袋用彷彿從丹田傳出的低沉聲音說道。白夜覺得他很可憐，同時又在心中回道「這也是沒辦法的事」。

「小黑被刺的時候，我嚇到了。為什麼妳當時動都不動？」

「讓她以為我死了比較方便吧。」

確實沒錯。拜其所賜，白夜才占了優勢。

「妳想得好遠。果然比不過妳。我以為妳死了，超緊張的。」

「你好像還沒把我當成式鬼這個『物品』看待。不會因為那點小傷就壞掉啦。」

黑緒笑著說。白夜瞇眼凝視她的臉。

話雖如此，是黑緒自己不讓他把她當成物品看待。每天早上，她都會跟生前一樣喝咖啡，判讀白夜的表情，說出聽起來像有感覺的話，表現得跟人類一樣。

白夜知道她是故意這麼做的。他沒資格抱怨。因為**殺死黑緒的人正是白夜**——

白夜和黑緒年僅十七的時候，父親向兩人宣告：

「等你們滿十八歲，我會決定正式的繼承人。」

實力差距顯而易見。從小接受教育，又是現役傀裡師的黑緒，跟十二歲才開始學習的白夜，有如天地之別。父親明知如此，還故意這麼說。

啊啊，又來了。又在偏心。

白夜感到一陣空虛。誰都不肯正視自己。誰都不看好自己。既然這樣，一開始就指定黑緒是繼承人不就得了？父親之所以沒這麼做，是因為他期待黑緒能徹底擊潰白夜。

這是一場表演。白夜是臺上的兔子，絕對無法成為魔術師。

那該有多悲哀啊。自己的功用只有陪襯。命運一開始就決定好了。

他後悔成為傀裡師。真希望沒有這種能力。可是，他忘不掉知道自己有傀裡能力時，父親的笑容。

那抹笑容是不是再也不會對自己展露了？

白夜思考起有沒有辦法贏過黑緒，卻愈想愈覺得用一般的做法贏不了她。

他的精神被逼到了極限。愈是努力，差距就愈大。自己沒有才能。唯有這個事實像被聚光燈照亮似的，清楚地於心中浮現。

一般的做法贏不了她。黑緒從一根頭髮到腳趾都是特製的。雖說是雙胞胎，留給他的部分對黑緒而言只是剩下的殘渣。

是嗎。那**只要讓她還給我就行了**。

白夜的腦袋並不正常。至今以來對黑緒的憎恨，如同長腳的影子緊跟著他，如同充太滿的氣球，發出啪嘰啪嘰的聲音逐漸膨脹。

白夜拿起刀子。然後殺了黑緒。

他半點罪惡感都沒有。最討厭的黑緒死了。被父親所愛，一直在獨占父愛的壞心眼的黑緒死了。他神清氣爽，彷彿置身於藍天下。

然而，父親很快就發現他殺了黑緒。因為時機不巧，父親剛好在那時進來。

白夜手裡拿著刀，滿身是血的黑緒倒在地上。凶手是白夜乃不言自明的事實。

啊啊，父親會生氣。白夜如此心想，覺得與其惹父親生氣，不如一死了之，拿刀抵在手腕上。一秒鐘都沒思考。反射性的動作。他握緊刀子，在手腕上一劃。

刀刃只有輕輕滑過白夜的皮膚表面，連血都沒噴出來。因為父親抓住白夜的手阻止了他。

那一刻，白夜很高興，他覺得自己是被需要的。父親之後一定會出於擔心，詢問他為何要殺死黑緒。白夜如此心想。

然而事與願違。父親看到黑緒的屍體沒有生氣，而是理所當然似的對白夜說：

「**把黑緒收為式鬼。**」

白夜絕望了。他對父親還抱持著希望。他希望父親能跟正常的父母一樣擔心他，詢問殺死黑緒的理由。可是……

看到自己那麼疼愛的黑緒的屍體卻一點都不悲傷，還想把它當成物品使用。他對這個想法感到厭惡，當場嘔吐。

父親對屍體沒有興趣。因為人死了就無法傀裡。那個能力會消失。對父親來說，那種東西是有缺陷的、沒價值的，他不感興趣。

「為什麼……小黑都死了。」

父親瞥了黑緒一眼。換句話來說，就是只瞥了一眼。對她而言，死去的存在僅僅是掉在地上的灰塵或蟲子屍體。

「噢，**那種東西不重要**。哎呀，我真是誤會了。你遠比她有天分。」

「天分？」

「不管我再怎麼說，黑緒都沒辦法立刻**殺人**。殺人後還一直放不下那件事。我可是因為她說要代替你成為傀裡師，才讓她動手的。」

小黑殺了人？是誰？

父親這番話他連一半都聽不懂。成為傀裡師的條件是自己曾經在生死邊緣徘徊過，以及接觸能成為傀裡對象的生物的死亡。符合這兩個條件，才能判斷是否有那個能力。

父親是傀裡師，所以黑緒也有那個能力。第二個條件又是如何達成的？

「小時候，我們出過意外。那是……」

「嗯，那是我做的。因為不在生死邊緣徘徊過，就不能進到下一個階段。所以，我**暫**

時殺了你們。幸好沒死。而且你們都覺醒了能力。我的選擇是對的。」

「是爸爸你做的?」

「那是九十九家的傳統。我們就是靠這樣，才能成為傀裡師輩出的家族。」

看到父親得意的表情，反胃感再度湧上。他親自動手，好讓自己的孩子變成傀裡師。

「可、可是，小黑是跟我一起遇到意外的。那她不是會接觸到我的靈魂，學會傀裡人類嗎?何必刻意殺人。」

「可能是因為你們兩個都流著傀裡師的血，意外發生的時候，你們的靈魂沒有互相干涉。所以黑緒當時還沒辦法傀裡人類。」

「怎、怎麼會……所以小黑才……」

這時白夜才知道，黑緒之前不讓他接近父親，是不想讓父親發現他的傀裡能力。全是為了保護白夜。避免父親對白夜做出殘忍的行為。避免父親叫白夜做出殘忍的行為。當上繼承人後，就得對自己的孩子做出一模一樣的事吧。因此黑緒才凡事都做到完美，好讓父親的注意力集中在自己身上。

「黑緒確實接近完美。不過，她並不完美。硬要說的話，你比較接近完美。傀裡師要操縱人類的靈魂。只有冷酷的人才能擔任。」

他曾經那麼渴望父親的稱讚，卻一點都不高興。不想知道這種事。他是因為討厭黑緒，覺得黑緒消失也無所謂，為了當上繼承人才殺了她，現在卻被迫面對自己做錯事的事實。

「……小黑殺了誰？」

「你們的哥哥。」

家裡只有黑緒跟白夜。他想不到父親說的人是誰。不過，他想起母親跟他說過，父親結婚前是有女朋友的。那個人懷有身孕。白夜他們有個同父異母的哥哥。

謎團解開了。難怪協會裡有一部分的人叫黑緒「殺兄凶手」。原來是真的。

「為了以防萬一，我留著他當備用品，看來這個決定是對的。幫我解決了一個問題。」

父親語氣平淡，不帶任何情緒。這個瞬間，白夜領悟了。這樣下去，自己也會變成黑緒那樣。

他是那麼地想被父親稱讚，想成為父親心中的第一，如今卻產生了排斥反應。想要盡快從父親身邊逃離。

當天晚上，白夜向協會投訴殺害黑緒的凶手是父親。

協會立刻叫來父親，進行審問。白夜坐在旁聽席，看著整個過程。

審問途中，父親一句話都沒否認。不僅如此，還肯定了一切。白夜驚訝地大叫「為什麼」。父親對白夜笑了，彷彿那就是答案。

審問結果是決定將父親送進保管室。白夜最後一次跟父親說話，是他即將被送進保管室的時候。

為什麼沒說人是他殺的？白夜質問父親。得到的回答又是那抹溫柔的微笑。總是只會對黑緒露出的微笑。

「你要守護好九十九家。」

他不寒而慄。白夜的壽命比他還要長。為了維持「九十九家」，父親幫白夜扛下了罪名。對父親來說，小孩子一點都不重要，只要能守住「九十九家」就好。那一定就是追求完美的父親，為了保護這個家所想到的完美方法。

自己之前的感受到底算什麼？

父親進入保管室後，白夜馬上換成亡母的姓氏。這是渺小的抵抗，遲來的叛逆期。十八歲那一年，白夜正式成為傀裡師。需要選擇式鬼時。他想都不想就回答：

「我要選小黑。」

為何選了黑緒？大概是因為寂寞。家人都不在了。所以，無論是以什麼形式，他都希望留在世上的黑緒待在他身邊。自我中心的理由。

明明是自己殺了她，怎麼有臉說這個。搞不好黑緒在以式鬼的身分復活的瞬間，就會因為怨恨自己殺了她而對他動手。

考慮到式鬼失控時傀裡師無法應對的情況，式鬼體內裝了小型炸彈，白夜下定決心，就算黑緒攻擊他，也不會按下啟動炸彈的開關。

白夜前去迎接保存在協會的黑緒。黑緒的身體經過加工。外表跟遭到殺害時沒有任何差異。美麗得像下一秒就會睜開眼睛的樣子，用不著傀裡這種東西。他感到既高興，又恐懼。

傀裡黑緒後，她馬上就醒來了。黑緒對白夜露出跟死前一樣的微笑。他事後才知道表情會被固定住，無法改變。

白夜有件事想在黑緒醒來後問她。她會氣自己殺了她嗎？會恨自己嗎？他像個詢問小孩的母親，黑緒回答「不會呀」。這副模樣跟父親重疊在一起，他鬆了口氣，同時又感到不快。

黑緒知道自己被殺的原因，也知道是誰殺了她，卻並未責備白夜。她只是對白夜說了句：

「幫我泡咖啡。」

生前也是，黑緒會逼白夜泡他因為太苦而不敢喝的咖啡。她說白夜泡的咖啡很好喝。自此之後，白夜就每天都會幫她泡咖啡——

只有一件事，白夜瞞著黑緒。提供生命力給黑緒的，是身在保管室的父親。黑緒詢問父親的下落時，白夜說他死了。送進保管室的人會被當成「死了」，所以這麼說並沒有錯。他沒有再多說什麼。

不過，黑緒或許已經發現了。所以她才一直維持清醒狀態，以耗盡生命力。是為了讓父親早日解脫吧。黑緒實在很溫柔。

「做完一件工作的感覺真好。」

「對啊。」

「這次是你的功勞。」

「是拜小黑所賜。我只是把跟妳對過的答案說出來而已。」

黑緒把手背在身後，大步跳了兩步後，輕快地轉過身。

「沒這回事。我相信你。所以我才能**放心地死去**。」

黑緒的微笑顯得比平常更加美麗。白夜有點想哭。

「討厭。不要哭啦。對了，你擅自傀裡了枝奈子小姐，回協會要接受處罰喔。」

無論有什麼原因，都不能在未經許可的情況下傀裡，否則會受到懲罰。白夜跟流浪傀裡師不同，隸屬於福音協會，應該不會是太嚴重的懲罰。可是，一想到要看肆谷面帶微笑地說教，白夜就發自內心不想回去。

「啊哈哈。這表情真讚。」

傀裡師受罰的期間，式鬼不能行動，黑緒卻悠哉地笑著。白夜深深嘆息。

「那麼，下次不知道會接到什麼樣的傀裡委託。你說呢？」

黑緒用如歌般的語氣說道。

儘管目前沒發現任何問題，黑緒究竟能活動到什麼時候？

她應該不會希望在父親的生命力耗盡前，與其他生命力連接吧。某一天，父親的生命力中斷後，黑緒會停止活動。她會想接受別人的生命力，以式鬼的身分活下去嗎？

白夜試著想像黑緒的心情，卻毫無頭緒。不過如果黑緒看起來有拒絕的意思，就讓她安眠吧——他下定決心。

——到時我再殺掉她一次。這次會讓她再也不用復活。

剩下的時間有多久呢？白夜看著掉在地上的蘋果。不是金色，是鮮豔的紅。

逆思流

二度遭到殺害的她

（原名：彼女は二度、殺される）

作者／秋尾秋　譯者／Runoka
執行長／陳君平　榮譽發行人／黃鎮隆
協理／洪琇菁　國際版權／黃令歡、梁名儀
總編輯／呂尚燁　美術編輯／方品舒
執行編輯／丁玉霈　企劃宣傳／陳品萱
發行／英屬蓋曼群島商家庭傳媒股份有限公司城邦分公司　尖端出版
台北市中山區民生東路二段一四一號十樓
電話：（〇二）二五〇〇—七六〇〇（代表號）
傳真：（〇二）二五〇〇—一九七九
中彰投以北經銷（含宜花東）／楨彥有限公司
電話：（〇二）八九一九—三三六九
傳真：（〇二）八九一四—五五二四
雲嘉經銷／威信圖書有限公司　嘉義公司
電話：（〇五）二三三—三八五二
傳真：（〇五）二三三—三八六三
南部經銷／威信圖書有限公司　高雄公司
電話：（〇七）三七三—〇〇七九
傳真：（〇七）三七三—〇〇八七
香港總經銷／城邦（香港）出版集團有限公司
香港灣仔駱克道193號東超商業中心1樓
電話：（八五二）二五〇八—六二三一
傳真：（八五二）二五七八—九三三七
E-mail：hkcite@biznetvigator.com
馬新經銷／城邦（馬新）出版集團　Cite(M)Sdn.Bhd.
E-mail：Cite@cite.com.my
法律顧問／王子文律師　元禾法律事務所
台北市羅斯福路三段三十七號十五樓
二〇二三年七月一版一刷

郵購注意事項：
1. 填妥劃撥單資料：帳號：50003021戶名：英屬蓋曼群島商家庭傳媒(股)公司城邦分公司。2. 通信欄內註明訂購書名與冊數。3. 劃撥金額低於500元，請加附掛號郵資50元。如劃撥日起 10～14日，仍未收到書時，請洽劃撥組。劃撥專線TEL：(03) 312-4212 ・ FAX：(03) 322-4621。E-mail：marketing@spp.com.tw

國家圖書館出版品預行編目資料

二度遭到殺害的她／秋尾秋 著 ; Runoka譯 . --初版.
--臺北市：尖端出版, 2023.07
面 ; 公分. --(逆思流)
譯自: 彼女は二度、殺される
ISBN 978-626-356-561-6(平裝)

861.57　　112004032